AF307327

Über die Autoren:

Christine und Johannes Pollaschek leben in Wien zwischen Stapeln von Büchern. Gelegentlich schreiben sie auch selber welche.

Ebenfalls erhältlich:

Professor Koslows Äthermaschine. Ein Dampfpülcher – Abenteuer

Mehr Informationen auf:

www.rosundrony.com

Piraten und Wanzen

Die Reisen des Darian Vert . Band 1

Christine und Johannes Pollaschek

Testleser: Maria Gratzl, Martina Grüneis, Walter Marschitz,
Karin Mayer-Khan, Jill Meißner-Wolfbeisser, Agnes Sall

Lektorat: Martin Hermann, Pia Prokop
Korrektorat: Gabriele Schnabl
Covergrafiken: Valentin Hofer
Covergestaltung: Martin Hermann

Herstellung und Verlag:
BoD – Books on Demand, Norderstedt

ISBN: 978-3-7578-8660-8

Piraten und Wanzen

Die Reisen des Darian Vert . Band 1

Christine und Johannes Pollaschek

Piraten

Die Raumstation NutriCorp 83-0 hatte unter Raumfahrern denselben Ruf wie eine öffentliche Bedürfnisanstalt unter den Einwohner einer großen Stadt. Außerdem war sie klein, marode und lag am Rande des von den Menschen besiedelten Teils des Alls im Orion Sporn. Am *Nachttopf* festzusitzen, wie NutriCorp 83-0 unter den Raumfahrern genannt wurde, war in höchstem Maße unerfreulich.

Kein Wunder also, dass Darian nach nur einem Monat am *Nachttopf* bereit war, jeden Job anzunehmen, der ihn wieder von hier wegbringen würde. Er ging raschen Schritts durch die labyrinthartigen Korridore der Station und widerstand der Versuchung, in Laufschritt zu verfallen. Er hatte gehört, dass ein kleines Schiff angedockt hatte und eine Frau technisches Personal rekrutierte. Seit Darians Ankunft war es das erste Schiff, das die Station angelaufen war.

NutriCorp 83-0 versorgte die benachbarten Minenkolonien mit in Aquakultur erzeugter Nahrung. Bevor er hier gestrandet war, hatte Darian auf einem Frachter der NutriCorp gearbeitet. Der Frachter war von Anfang an kaum mehr als ein fliegender Schrotthaufen gewesen. Nach einer desaströsen letzten Reise, die mit einem übermüdeten Piloten und einem Asteroidenschauer zu tun hatte, war er dann tatsächlich ein Schrotthaufen gewesen und außer Dienst gestellt worden. Die NutriCorp-Mannschaft war schnell auf andere Schiffe des Konzerns versetzt worden. Darian, der als unabhängiger Raumfahrer arbeitete, war seinem Schicksal überlassen worden. In dieser abgelegenen Ecke des menschlichen Territoriums war es nicht leicht, neue Arbeit zu finden. Da er nicht bei NutriCorp angestellt war, kosteten ihn die Stationsgebühren für Wasser, Luft und Unterkunft ein Vermögen. Seine dürftigen Finanzen waren im letzten Monat schnell zu einer kaum noch sichtbaren Pfütze zusammengeschmolzen. Entweder wurde er von den Neuankömmlingen angeheuert oder er musste anfangen, für NutriCorp in der Aquakultur-Anlage zu arbeiten. Als Angestellter eines großen Unternehmens zu arbeiten, war ihm zutiefst zuwider, selbst wenn es nicht gerade am *Nachttopf* gewesen wäre.

Darian ließ die schwach beleuchteten Korridore hinter sich und betrat die Dock-Lounge. Diese war besser beleuchtet, was aber nur ihren verwahrlosten Zustand deutlicher hervortreten ließ. Die Lounge war leer bis auf eine Frau, die auf einer der Eckbänke saß. In ihrem leuchtendweißen, schmutzabweisenden Overall wirkte sie völlig deplatziert in der schmuddeligen Halle. Sie hatte synthetisch augmentierte, elektrischblaue Augen und schulterlanges schwarzes Haar. Vor ihr auf dem Tisch stand ein handgeschriebenes Plaspier-Schild, das darüber informierte, dass sie einen Ingenieur auf befristete Zeit suchte. Was außer Darian offenbar niemanden auf der Station interessierte. Darian nahm einen tiefen Atemzug und bereute es sofort, da so das Miasma, das hier als Luft bezeichnet wurde, seine Geruchsrezeptoren mit neuer Kraft malträtierte. Er fuhr sich durch die Haare und nahm auf der Bank gegenüber seiner potentiellen Arbeitgeberin Platz.

»Hallo. Mein Name ist Darian Vert.«

Die Frau seufzte erleichtert und sagte: »Endlich taucht jemand auf. Deine Referenzen?«

Darian hielt den in seinem Handrücken implantierten ID-Chip über den Sensor des PortaComps der Frau. Sein Lebenslauf erschien daraufhin auf dessen Schirm und Sie überflog ihn rasch.

»Oh, Überraschung. Du bist tatsächlich kompetent. Eine Menge Empfehlungen von früheren Arbeitgebern.«

»Heißt das, du willst mich anheuern?«

»Natürlich. Sieht es aus, als hätte ich eine Wahl? Die Schlange potentieller Bewerber ist ziemlich kurz, oder?«

Darian ließ seinen Blick demonstrativ durch den schäbigen Raum schweifen.

»Was hast du auf einer Raumstation erwartet, die niemand mit einem funktionierenden Geruchsinn und einem Minimum an Verstand besucht?«

Die Frau lachte bitter: »Ehrlich gesagt, nicht viel. Dieses Drecksloch ist genau so, wie ich befürchtet hatte und ich hätte lieber weitergelebt, ohne es kennenzulernen. Aber ich brauche dringend einen Ingenieur.«

»Dein Pech, mein Glück. Und da du mich ja offenbar einstellen willst, kann ich dir ein paar Fragen stellen?«

Die Frau zuckte mit den Schultern: »Frag.«

»Dein Name wäre ein guter Anfang.«

»Ariel, Medizinerin und Kapitänin der Aesk-341B3, eines Ambulanzschiffes im Besitz der AesklepMedCorp.«

»Hallo Ariel. Würde es dir etwas ausmachen, mir zu verraten, was mit deinem letzten Ingenieur passiert ist?«

»Er hat eine kreative Methode gefunden, unlizenzierte halluzinogene Drogen zusammen zu mischen. Dann unternahm er einen Selbstversuch damit und verließ das Schiff durch eine Luftschleuse.«

»Ich nehme an, ihr wart zu dem Zeitpunkt nicht in einem Dock?«

»Korrekt.«

Ariel lehnte sich vor und Darian konnte die leichte Verzweiflung in ihrer Stimme hören: »Hör zu! Wir waren auf dem Heimflug nach Asklepios, unserem Heimatplaneten. Dort hätten wir ohne Probleme einen neuen Ingenieur bekommen. Aber wir haben überraschend einen dringenden

Auftrag erhalten. Für den ich unbedingt eine vollständige Mannschaft brauche. Also, willst du den Job? Ja oder nein?«

»Eine letzte Frage noch: Wohin reisen wir?«

Darian bemerkte, dass Ariel mit den Fingern der linken Hand an einem Riss im Stoff der angeblich unzerreißbaren Bespannung der Sitzbank zu zupfen begannen.

»Über *Outer Junction* hinaus, hinein in den Cyngus Sporn.«

»Das ist Piratenterritorium.«

»Ja, ich weiß. Aber der Auftrag ist einfach. Wir müssen nur einen medizinischen Notfall abholen. Es wird keine Probleme geben.«

»Nur jemand, der Probleme erwartet, sagt ›Es wird keine Probleme geben‹. Ich will eine Gefahrenzulage.«

»Gewährt. Können wir jetzt gehen? Wir haben einen engen Zeitplan und ich habe schon genug Zeit auf diesem stinkenden Witz einer Raumstation vertan.«

Darian stand auf und hängte sich den Rucksack, der alle seine Besitztümer enthielt über die Schulter: »Bereit, wenn du es bist.«

Ariel zerknüllte das Plaspier-Schild und stopfte es in eine Tasche ihres Overalls.

»Warum stinkt es hier eigentlich so erbärmlich?«

Darian antwortete, während sie zur Dockschleuse gingen: »Die Luft wird zum Recyclen durch die Tanks der Aquakulturen geleitet, um das CO_2 darin zu senken. Angeblich wird die Luft so frischer.«

»Definitiv nicht«, Ariel schüttelte sich. »Lass mich raten, du hättest den Job auch ohne eine Gefahrenzulage angenommen?«

»Mit Kusshand.«

Während sie darauf warteten, dass die Stationsverwaltung ihre Abreisepapiere fertig machte, studierte Darian die Pläne von Ariels Schiff, die sie ihm auf seinen PortaComp geladen hatte. Es war ein schmuckloser, etwa fünfunddreißig Meter langer Zylinder mit einer Mannschaft von acht Leuten, Darian und Ariel mit eingerechnet.

Nachdem die Bürokratie ihren umständlichen Kurs genommen hatte, zahlte Darian zähneknirschend den Rest seiner angelaufenen Gebühren für Wasser, Unterkunft und Luft. Den Anteil für die Luft mit besonderem Widerwillen. Ariel ließ die Dockgebühren für ihr Schiff auf das Konto der AesklepMedCorp schreiben und dann waren sie endlich frei, den *Nachttopf* zu verlassen.

Auf dem Weg zur Luftschleuse fragte Darian: »Verstehe ich das richtig, dass wir im Prinzip eine fliegende Ambulanz mit ein bisschen extra Glitzer sind?«

»Wir kümmern uns um jedes Bedürfnis, das ein uns anvertrauter Patient haben kann, angefangen von einer Notfallversorgung bis hin zu langfristigen, lebenserhaltenden Maßnahmen.«

»Netter Werbespruch. Sag, hat die AESK und so weiter einen persönlichen Schiffsnamen?«

Ariel machte eine ausladende Geste in Richtung der Luftschleuse, hinter der ihr Schiff angedockt war, und sagte, im gestelzten Tonfall einer von Ihrer Sprachkunst überzeugten Schauspielerin: »Natürlich. Und mir, als Ihrer Kapitänin, wurde die Ehre zuteil, sie zu taufen. Ihr Name ist *Prospero*.«

Sie lächelte Darian erwartungsvoll an, offensichtlich in der Annahme, dass ihm der Name etwas sagte. Darian äugte unauffällig auf seinen auf den rechten Vorderarm geschnallten PortaComp, der ihn kurz darauf informierte, dass Ariel und Prospero Charaktere aus einem Stück eines antiken Schriftstellers namens Shakespeare waren.

»Nett. Sehr ... uhh ... traditionsverbunden.«

Ariel verzog das Gesicht, sagte aber nichts.

Sie betraten die Luftschleuse der *Prospero*, in der ein junger, spindeldürrer Mann auf sie wartete. Gleichsam um seinen Mangel an Statur auszugleichen, krönte sein Haupt leuchtend orange gefärbtes Haar. Seine ganze Erscheinung erinnerte Darian an einen übergroßen Löwenzahn. Er starrte Darian gleichermaßen abschätzend und erwartungsvoll an.

»Bist du der neue Ingenieur?«

Darian nickte: »Zumindest für euren nächsten Einsatz.«

Ariel legte eine Hand auf die Schulter des jungen Mannes und sagte: »Das ist Tim, unser Spezialist für Medizintechnik.«

Tim ergriff Darians Hand, schüttelte sie schwungvoll und sagte: »Mein lieber Freund, bin ich froh, dich zu sehen.«

»Lass mich raten: Du musstest zusätzlich als Schiffsingenieur herhalten, seit der Verflossene seinen Ausflug durch die Luftschleuse unternommen hat?«

»Ganz genau. Ariel, ich zeige Darian seine Kabine und die Technikstation.«

Die Kapitänin nickte zustimmend: »Bestens. Ich gehe auf die Brücke und lasse Sanura wissen, dass sie uns hier rausbringen kann. Sanura ist unsere Pilotin, Darian. Ich stelle dich ihr und dem Rest der Mannschaft später vor.«

Die beiden Männer warteten, bis Ariel hinter der sich automatisch schließenden Tür zur Brücke verschwunden war. Dann drehte sich Darian zu Tim und sagte: »Okay. Also, wie schlimm ist es?«

»Der gute Ed, möge er für immer durch das All treiben, hat die Dinge zuletzt ein wenig schleifen lassen. Es ist nichts offensichtlich Lebensbedrohliches, aber unsere arme *Prospero* hat einige Wehwehchen. Glaube mir, langweilig wird dir nicht werden. Komm mit. Ich habe Eds Sachen aus seiner Kabine geräumt, jetzt ist es deine.«

Darian folgte Tim durch einen kurzen Korridor mit mehreren Türen, alle mit makellosem weißem Plastik verkleidet. Darian wusste, dass die Mannschaften für Schiffe mit längeren Missionen meist sorgfältig nach ihrer sozialen Verträglichkeit ausgewählt wurden. Was hier geschehen war, kam nur selten vor.

»Warum hat niemand bemerkt, dass Ed am Durchdrehen war?«

Tim tippte gegen das Paneel einer der Türen, die daraufhin lautlos in die Wand glitt.

»Ed war ziemlich gut darin, sich nichts anmerken zu lassen. Wie es scheint, hat er Sanura heimlich verehrt, und zwar schon länger. Die Probleme fingen an, als sie dahinter kam, dass er die internen Sicherheitskameras gehackt hatte, um ihr nachzuspionieren. Daraufhin hat sie ihm vor allen anderen sehr deutlich gesagt, was sie davon hält und eine offizielle Beschwerde eingereicht. Ed wäre, sobald wir Asklepios erreicht hätten, arbeitslos gewesen und aus der Mannschaft geflogen. Das war wohl der Grund dafür, dass er anfing, kreativ mit medizinischen Produkten zu experimentieren. Ich glaube nicht, dass er sich umbringen wollte. Er war bloß ein besserer Ingenieur als Drogenkoch. Ariel meinte, eine Entziehungskur hätte sein Drogenproblem ohne weiteres lösen können. Unglücklicherweise hat er zwölfäugige grüne Monster gesehen, oder was immer sein benebelter Geist ihm vorgegaukelt hat, und ist durchgedreht, bevor wir mitbekamen, was los war. Aber genug davon.«

Tim deutete auf die offene Tür: »Deine Kabine, mach es dir bequem.«

Darian betrat die winzige Kabine, die mit einem schmalen Alkovenbett, einem Wandschrank und einer Sanitäreinheit am Ende ausgestattet war. Gemessen an den beengten Platzverhältnissen auf Raumschiffen war die Kabine nahezu luxuriös. Und er musste sie nicht einmal mit jemandem teilen. Darian ließ seinen Rucksack auf das Bett fallen und sagte: »Fertig. Bring mich in die Technikstation.«

Tim klatschte in die Hände und sagte: »Ein Mann nach meinem Geschmack! Komm mit. Wenn wir dort sind, solltest du dir vielleicht als Erstes die vorderen Plasma-Antriebsdüsen ansehen. Die haben in letzter Zeit ein paar Mucken gemacht.«

Die *Prospero* hatte einen simplen Grundriss. Sie hatte nur ein echtes Deck, das geschützt im Zentrum des Zylinders lag. Darin befanden sich, durch einen Korridor verbunden, die Brücke, eine umfangreich ausgestattete Medizinstation mit angeschlossenem Krankenzimmer, die Mannschaftskabinen und eine kleine Messe mit einer Kombüse, die aus einem einem einzigen Nahrungsaufbereiter bestand. Offenbar galt auch hier das uralte ungeschriebene Gesetz, nach dem Nahrung auf Flugreisen und in medizinischen Einrichtungen bestenfalls langweilig zu sein hatte.

Unter der Brücke befand sich der Frachtraum der *Prospero*. In den restlichen Raum unter dem Hauptdeck hatte man alle nötige Technik gestopft, erreichbar durch klaustrophobisch enge Wartungsschächte. Der einzige etwas größere Raum in diesem Labyrinth war die Technikstation, die am hinteren Ende nahe dem Hauptantrieb lag.

Tim führte Darian zum Einstieg des kurzen vertikalen Tunnels, der vom Korridor des Hauptdecks in die Technikstation führte.

»Brauchst du eine Einschulung?«

»Nein danke, ich bin mir sicher, ich finde mich zurecht«, sagte Darian und kletterte nach unten.

Er fand sich in einem asymmetrischen Raum wieder, der einen einsamen Stuhl vor Bedienfeldern und Monitoren enthielt. Sonst gab es in der Kammer nur eine in eine Ecke gequetschte kleine Werkbank für einfache Reparaturen. Die Wände waren von Einstiegen in die Wartungsschächte durchlöchert, die von hier in die dunklen Tiefen der Schiffstechnik führten.

Kurz nach Darians Ankunft aktivierten sich die Kontrollmonitore automatisch, als Sanura den Schiffsantrieb startete und die Checkliste für den Abflug abzuarbeiten begann. Darian ließ sich in den Stuhl fallen und beobachtete die Schirme. Gute alte Menschen-Technik, die er ohne nachzudenken bedienen konnte.

Er schaltete die Logdateien der Plasmaantriebsdüsen auf einen der Monitore und beobachtete die vorbeiscrollenden Daten. Tim hatte recht, die Ausrichtung der vorderen Düsen war um ein paar Ticks verschoben. Sie manuell neu auszurichten war nicht schwierig, aber aufgrund der engen Wartungsschächte eine mühsame Angelegenheit. Ed hatte das offenbar für zu beschwerlich befunden. Darian hatte noch ein paar Minuten bis zum Start, aber definitiv nicht genug Zeit, um durch die Schächte zu kriechen und die Düsen manuell zu kalibrieren.

Wenn er das Problem noch vor dem Start lösen wollte, musste er es innerhalb des Computernetzwerks des Schiffes tun. Er suchte nach dem Cyberlink für das Netzwerk und fand ihn achtlos in eine Rille der Konsole gestopft. Er fischte ihn heraus und drückte die runde Metallplatte am Ende des Links an die in seiner rechten Schläfe eingebettete. Die beiden Kontakte verbanden sich selbsttätig. Seine mentale Präsenz wurde ins Netzwerk geworfen und die sensorischen Eindrücke seines Körpers schwanden. Wie immer, wenn er sich innerhalb eines Netzwerks aufhielt, begann die Zeit scheinbar schneller zu laufen.

Sein Geist, befreit von den körperlichen Grenzen, ritt auf dem Datenstrom des Intranets des Schiffes, das alle Maschinen und Geräte verband. Am Rande seines Bewusstseins spürte er die strenge logische Präsenz des Schiffscomputers. Da er sich über einen autorisierten Cyberlink verbunden hatte, begann der Schiffscomputer die Kommunikation nur mit einer kurzen Frage nach seiner Identität.

Darian projizierte seine Netzwerk-ID als Antwort. Er hoffte, dass Ariel sie schon hochgeladen und mit den notwendigen Berechtigungen versehen hatte. Maschinenintelligenzen reagierten ziemlich ungehalten, wenn man sich nicht identifizieren konnte.

Der Schiffcomputer antwortete: »Bestätigt. Zugang gewährt. Erwarte Anweisungen.«

Glück gehabt.

Darian klinkte sich in die Steuerungsroutine der vorderen Antriebsdüsen ein. Dort verfälschte er mittels eines Programms für Berechnungen im dreidimensionalen Raum die eintreffenden Steuerungsbefehle der Pilotin, um die falsche Ausrichtung der Antriebsdüsen auszugleichen. Computer waren gut darin, Rechenoperationen rasend schnell und auf fünfhundert Kommastellen genau durchzuführen. Was sie nicht konnten, war, auf die kreative Lösung zu kommen, falsche Werte zu verwenden, um ein richtiges Ergebnis zu erzielen. Absichtlich Fehler zu machen war immer noch unangefochten eine rein menschliche Domäne.

Zufrieden mit seiner ad-hoc improvisierten Lösung, erteilte Darian dem Schiffscomputer den Befehl zur Ausführung. Die Ausführungsbestätigung des Schiffscomputers wurde zusätzlich an eine zweite Netzwerk-ID gesandt. Die eingebetteten Informationen wiesen sie als die der Pilotin aus. Darian blitzte ihr einen höflichen Gruß über den persönlichen Nachrichtenkanal zu. Da der Start ihre volle Aufmerksamkeit erforderte, würde sie seine Nachricht wohl erst danach lesen.

Um den Abflug von seiner Seite aus zu überwachen reichten die Monitore vollkommen aus, also verließ Darian das Netzwerk wieder. Sein Gehirn wurde von Sinnesreizen überflutet, als er die Kontrolle über seinen Körper wiedererlangte. Ein leichter Schmerz setzte sich hinter seine Augen, die Reaktion der überanstrengten Neuronen seines

Gehirns. Arbeit innerhalb des Netzes war für den menschlichen Körper anstrengend.

Darian rieb sich die Augen, um den beginnenden Kopfschmerz zu vertreiben. In den nächsten Tagen musste er nicht nur die vorderen Plasmadüsen manuell neu kalibrieren. Während seines kurzen Aufenthalts im Netzwerk des Schiffes hatte er noch andere technische Probleme bemerkt. Tim hatte recht gehabt, die Prospero hatte einige Wehwehchen und er mehr als genug Arbeit.

Ein Schauder durchlief das Schiff, als es sich von den Dockklammern löste. Die Lebenserhaltungssysteme begannen in voller Stärke zu laufen und saubere Luft strömte von oben über Darians verschwitztes Gesicht. Er atmete tief und genussvoll ein. Auf Nimmerwiedersehen, *Nachttopf*.

Zwei Stunden später befanden sie sich in der vom Negativen-Materie-Antrieb erzeugten Raum-Zeit-Blase und die Routine des Raumflugs hatte eingesetzt. Auf einem der Kontrollschirme des Technikraums blinkte eine Nachricht von Ariel auf, die Darian bat, in die Messe zu kommen. Wie ein Maulwurf aus seinem Bau kletterte er nach oben zurück auf das Hauptdeck. Er betrat die Messe, wo der Rest der Mannschaft schon auf ihn wartete.

Nach seinen vielen Reisen auf verschiedensten Schiffen war er die neugierigen Blicke gewohnt, mit denen er empfangen wurde. Er selbst tat sich auch keinen Zwang an, seine Mannschaftskollegen zu mustern. Sanura erkannte er sofort. An ihren Schläfen glänzten Cyberlink-Konnektoren für hochentwickelte Cockpits. Es war ungewöhnlich, dass ein kleines Schiff wie die *Prospero* eine Pilotin mit Implantaten hatte. Sehr wahrscheinlich hatte Sanura ihre Karriere nicht in den Diensten der AesklepMedCorp begonnen. Die naheliegendste Vermutung war, dass sie zuvor beim Militär geflogen war.

Sie war athletisch und hatte scharfe, klare Gesichtszüge. Ihre Haut war einen Hauch dunkler als das helle Braun, dass die meisten Raumfahrer auszeichnete, die lange Zeit unter den Tageslichtlampen eines Schiffes lebten. Ihre schwarzen Haare waren zu Cornrows zurückgeflochten. Sie hatte wache, schokoladenbraune Augen. Darian konnte sehen, warum Ed sich in sie verknallt hatte.

Sie grüßte ihn mit einem höflichen Nicken: »Gute Arbeit mit den Antriebsdüsen.«

Bevor Darian antworten konnte, platzte eine Frau mit unscheinbarem Gesicht und sandfarbenen Haaren heraus: »Du bist jünger als ich dachte!«

Ariel deute auf die Sprecherin: »Darian, Aliana. Navigation und Sensoren.«

»Er ist zweiundzwanzig«, kommentierte eine etwas ältere Frau, mit einem in permanenter Missbilligung zusammengepressten Mund.

Aliana verzog das Gesicht und machte eine übertriebene Geste in Richtung der zweiten Frau: »Darf ich vorstellen: Siri, Computer und Kommunikation. Und natürlich hat sie deine Akte schon vollständig gelesen.«

Die letzten beiden Personen waren ein Ehepaar, das als die Bakers vorgestellt wurde. Sie waren zurückhaltend, leiteten die Medizinstation und schienen hier am Schiff offenbar keine Vornamen zu benötigen.

Darian schaffte es schließlich, auch etwas zu sagen: »Freut mich, euch alle kennenzulernen. Und Ariel, ich nehme an, dass außer mir alle hier schon Bescheid wissen, aber würdest du auch mir noch im Detail verraten, was uns bei diesem Einsatz erwartet?«

Ariel lehnte sich mit einem resignierten Seufzen gegen die Arbeitsfläche der winzigen Kombüse.

»Unser aktueller Auftraggeber ist die NirKaga Corp. Sie besitzen mehrere Raumstationen rund um *Outer Junction*, die das Militär an der Grenze des menschlichen Territoriums beliefern. Einer ihrer leitenden Manager war dumm genug, sich von einem der Piratenclans entführen zu lassen. Da er ein Mitglied der Familie des CEO ist, will ihn NirKaga freikaufen. Die Piraten nennen sich Ghost Raiders. Sie haben einen idiotischen Namen, stehen aber im Ruf, sehr brutal zu sein.«

Outer Junction war der Spitzname einer gigantischen Raumstation des Militärs. Sie war die größte Installation am äußeren Rand der Kreuzung des Perseus-Arms und des Orion-Sporns. Offiziell bewachte die Station die Grenze des menschlichen Territoriums zum Cygnus-Sporn hin, der eine Verlängerung des Orion-Sporns war. In Wirklichkeit war das Gebiet zu groß, um effizient von einer Station aus patrouilliert zu werden, sei diese auch noch so groß. Aber beim Militär war groß gleichbedeutend mit gut. Also hatten sie eine beeindruckend riesige Station gebaut, deren Nutzen eher gering war. Anstatt um die Hälfte der Kosten eine Kette mehrerer kleiner Stationen zu bauen, die tatsächlich effektiv gewesen wären.

Aus der offiziellen Sicht des Militärs waren alle, die jenseits der Grenze des Territoriums lebten, Mitglieder des Piratenkartells. Inoffiziellen Gerüchten nach wollten die meisten Kolonien dort draußen einfach nur nichts mit der Politik des offiziellen menschlichen Territoriums zu tun haben. Was aber nicht bedeutete, dass es dort nicht tatsächlich auch Piratenclans gab, stark variierend in ihren Arbeitsmethoden und der dabei angewandten Brutalität.

»Die Ghost Raiders stehen nicht nur im Ruf, brutal zu sein, sie sind es«, sagte Tim und schüttelte angewidert den Kopf. »Um die Identität der Geisel nachzuweisen haben sie sich nicht mit dem üblichen Ohr oder abgeschnittenen Finger begnügt. Sie haben NirKaga gleich ganze Gliedmaßen geschickt. Darum hat NirKaga uns beauftragt.«

Ariel warf ihm einen strengen Blick zu: »Wir sind hier, weil AesklepMed einen Vertrag mit NirKaga hat und wir einem Patienten in kritischem Zustand die angemessene Lebenserhaltung bieten können.«

Siris Stimme war ätzend: »Und weil wir das Pech hatten, das einzige Schiff in Reichweite zu sein, das es rechtzeitig zu dem Treffpunkt mit den Piraten schaffen kann. Sonst wären wir schon zu Hause.«

Sanura sagte ruhig: »Die Piraten haben das Zeitlimit absichtlich so eng festgelegt, um NirKagas Optionen zur Lösung der Geiselsituation einzuschränken. Das gleiche gilt für den kritischen Zustand der Geisel. Man kann nicht auf Zeit spielen, wenn die Person schon im Sterben liegt, die man am Leben erhalten will.«

Darian fand seine Vermutung weiter bestätigt, dass Sanura beim Militär gedient hatte.

Aliana platzte wütend heraus: »Schön, dass es so solide und vernünftige Gründe für den Auftrag gibt. Aber am Ende sind wir jetzt diejenigen, die mit einem unbewaffneten Schiff und ohne Unterstützung in einen verdammt gefährlichen Teil des Alls fliegen.«

Ariel gab ihre ruhige Haltung auf und hob die Arme: »Ich bin über den Einsatz genauso wenig erfreut wie du. Aber wenn wir unsere gut bezahlten und komfortablen Anstellungen bei AesklepMed behalten wollen, müssen wir den Job machen. Und wir werden die Übergabe nicht ganz ohne Unterstützung durchführen. Wir bekommen Verstärkung. Oder etwas in der Art. Die *Prospero* wird kurz hinter der Grenze das NirKaga-Schiff *Radiant Kiss* treffen. Die letzte Etappe der Reise machen wir gemeinsam. Bis dahin sollte die *Prospero* in erstklassigem Zustand sein. Bekommst du das hin, Darian?«

»Ich werde mein Bestes geben. Aber die *Prospero* hat schon eine lange Reise hinter sich, ein gewisses Maß an

Verschleiß ist unvermeidlich. Und eure Vorräte und Ersatzteile sind erschöpft. Erwarte keine Wunder.«

Dass die Besatzungsmitglieder genauso müde waren wie das Schiff, sparte Darian sich auszusprechen. Sie hatten alle lange Zeit keine Luft geatmet, die nicht aus Recyclern geströmt war, oder echtes Sonnenlicht gesehen. Und Eds Tod hatte sicherlich auch Spuren in ihren Psychen hinterlassen.

Die folgenden Tage vergingen buchstäblich wie im Flug und Darian war ohne Pause beschäftigt. Fast sehnte er sich nach seiner Zeit am *Nachttopf* zurück. Fast. Um den Rendezvous-Zeitpunkt einzuhalten, musste Sanura einen straffen Zeitplan von Raum-Zeit-Sprüngen einhalten. In den kurzen konventionellen Flugperioden zwischen den Sprüngen setzte Darian die Außenhülle in Stand und während sie sich in der Raum-Zeit-Blase befanden, brachte er den Rest des Schiffes wieder in Form. Zumindest so gut es unter den gegebenen Umständen und mit den noch vorhandenen Ressourcen möglich war. Einiges, das ersetzt hätte werden müssen, wie etwa das Ventil für die Wasserstoffzufuhr zur Plasmakammer zwei, konnte er nur wiederaufarbeiten.

Darian verbrachte auch einiges an Zeit damit, Hacks seines Vorgängers aus dem Computersystem zu entfernen und die Probleme, die diese nur umgingen, tatsächlich zu lösen. Dabei fand er auch das Programm, mit dem Ed die Überwachungskameras übernommen hatte, um Sanura nachzuspionieren. Es war ein gar nicht übles und ziemlich solide programmiertes Stück Code. Es zu schreiben hatte Ed sicher eine Menge Zeit gekostet. Darian wünschte, Ed hätte in seine übrigen Problemlösungen ebenso viel Zeit investiert wie in dieses höchst illegale Programm. Bevor er das Programm aus dem Schiffsnetz löschte, kopierte er es auf seinen PortaComp. Vielleicht würde es sich eines Tages für weniger sinistre Ziele als nützlich erweisen.

Zwei Tage vor dem Rendezvous mit der *Radiant Kiss* kroch Darian aus einem der Wartungstunnel und fand Ariel in der Technikstation auf seinem Stuhl sitzend vor. Sie hatte es sich bequem gemacht, die Beine überschlagen und die Arme auf den Lehnen abgelegt. Offenbar saß sie da schon länger. Sie begrüßte ihn mit einem Lächeln: »Da bist du ja.«

Darian sah überrascht auf und stieß sich prompt den Kopf an der Decke des Wartungstunnels. Das war ihm in den letzten Tagen auch ohne Überraschungen so oft passiert, dass die Beule an seinem Hinterkopf langsam chronisch wurde.

»Du hättest mir auch einfach eine Nachricht schicken können, wenn du mit mir reden willst.«

»Grummel nicht. Und, wie geht es der *Prospero*?«

Darian extrahierte sich vollständig aus dem Tunnel und streckte sich leise stöhnend, um die Verspannungen in seinem Rücken zu lockern.

»So gut wie neu wäre gelogen, aber so gut wie möglich kommt hin. Warum bist du wirklich hier?«

»Wie du sicher weißt, hast du als Besatzungsmitglied Anspruch auf eine kostenlose medizinische Kontrolluntersuchung. Ich dachte, dass du, als unabhängiger Raumfahrer, diese Gelegenheit gerne nutzen würdest.«

Darian seufzte. Medizinische Untersuchungen waren für ihn ein unangenehmes Thema. Eines, von dem er gehofft hatte, dass Ariel es nicht ansprechen würde.

Raumfahrer ohne fixe Anstellung ergriffen normalerweise jede Gelegenheit einer kostenlosen medizinischen Versorgung, um sich ihre diversen Beschwerden behandeln zu lassen. Der Grund dafür war, dass die meisten Raumstationen und Habitate von Konzernen betrieben wurden. Das hieß, nur deren Angestellten erhielten dort eine kostenlose, weil im Gehalt inkludierte, ärztliche Versorgung. Alle anderen mussten zahlen, und zwar so viel, dass die von der

Arztrechnung verursachten Schmerzen meist größer waren, als die Schmerzen, die einen davor geplagt hatten. In Notfällen wurden zwar Ausnahmen gemacht, aber nur damit die PR-Abteilungen der Konzerne ihre Zeit nicht mit unangenehmen Erklärungen verschwenden mussten. Zum Beispiel warum ein fünfjähriges Kind nach einem einfachen Beinbruch verkrüppelt war. Darian aber war an medizinischen Untersuchungen – kostenlos oder nicht – deutlich weniger interessiert als seine Kollegen.

»Mir geht's gut.«

»Du hast an der Außenhülle gearbeitet. Das bedeutet, du warst allen möglichen Arten von Strahlung ausgesetzt ... und ich sehe an deinem Gesicht, dass du nach einer Ausrede suchst. Vergiss es. Du kümmerst dich um das Wohl der *Prospero*, ich kümmere mich um deines. In zwanzig Minuten in der Medizinstation. Das ist ein Befehl.«

»Jawohl Kapitänin.«

Darian nutzte die Zeit um zu duschen und seinen schmutzigen Arbeitsoverall gegen einen sauberen zu tauschen. Zwanzig Minuten später betrat er widerwillig aber pflichtbewusst die Medizinstation. Ariel begrüßte ihn mit einem Lächeln: »Kein Grund, ein Gesicht zu machen als würdest du hingerichtet. Die Untersuchung ist eine völlig schmerzfreie Angelegenheit.«

Darian zog es vor, nicht zu antworten. Er entkleidete sich und Ariel begann mit der Untersuchung. Ihre Haltung blieb während der gesamten Untersuchung distanziert und professionell. Sie arbeitete schnell, effizient und zu Darians Bedauern sehr gründlich.

Schließlich ließ sie ihn wieder von dem kombinierten Scan- und Untersuchungstisch herunter und sah ihn stirnrunzelnd an: »In Ordnung, du bist vollkommen gesund. Was keine große Überraschung ist, angesichts deiner genetischen Modifikationen.«

Was genau das Thema war, weswegen Darian medizinische Untersuchungen nicht mochte. Da er sich unbekleidet noch verwundbarer fühlte, floh er mit einem nervösen Klumpen im Magen in den kleinen Umkleidebereich.

Ariels durchdringender Blick folgte ihm: »Entspann dich, ich wusste schon vorher, dass du ein GenOpt bist.«

Darian schlüpfte in seinen Overall.

»So offensichtlich, mh?«, sagte er.

Seine übermäßig symmetrischen Gesichtszüge und seine makellose Haut waren leider ein sicheres Anzeichen für seine genetischen Optimierungen, zumindest für jeden mit auch nur einer rudimentären medizinischen Ausbildung.

Ariel war aber zu seinem Bedauern noch nicht fertig: »Das ist es aber nicht, was mich erstaunt. Jeder, der es sich leisten kann, kann genetische Optimierungen bekommen. Aber du bist ein spezielles Kaliber. Ich erkenne die Thanatos-Behandlung, wenn ich sie sehe. Aber auch Xeno-Morph-Optimierungen, die ich nicht einmal identifizieren kann. Dein Implantat ist ebenfalls absolute Premium-Qualität. Wer auch immer das für dich beauftragt hat, war reich. Nein, lass mich das korrigieren: stinkreich.«

Darian seufzte, wenn auch nur innerlich. Ja, seine Eltern hatten nur das Beste für ihn gewollt – oder für sich selbst, das hing vom Standpunkt ab, den man einnahm. Er selbst hatte keinen Einfluss auf seine Erschaffung gehabt.

Er ignorierte Ariels argwöhnischen Blick und überdachte seine Optionen. GenOpts waren im Gegensatz zu GenAugs in der menschlichen Gesellschaft relativ verbreitet und akzeptiert. GenAugs hingegen wurden hauptsächlich vom Militär oder von großen Unternehmen für spezielle Aufgaben gezüchtet. Sie waren selten, da es ein kostspieliges, fehleranfälliges Unterfangen war. Und selbst die erfolgreich gezüchteten GenAugs waren immer auf die eine oder andere

Weise mit diversen Defiziten behaftet, die ihnen gesundheitliche Probleme bereiteten. Der große Unterschied zwischen GenAugs und den GenOpts war, dass die GenAugs die Grenzen des auf natürliche Weise für den menschlichen Körper Erreichbaren überschritten. Wenn man aber die Grenzen des menschlichen Körpers überschritt, löste das eine Kettenreaktion von Problemen aus. Einen übermenschlich kräftigen GenAug zu erschaffen, der große Lasten heben konnte, bedingte auch, das man ihm ein Skelett gab, dass diesen Lasten dann auch standhalten konnte. Und das sein Herz in der Lage war, die stark vergrößerte Muskelmasse zu versorgen. Und so weiter. Es war kompliziert und fehleranfällig. GenOpts vermieden diese Probleme, indem Ihre Optimierungen innerhalb der natürlichen Grenzen des menschlichen Körpers blieben.

Darian war ein GenOpt, wenn auch gerade noch. Körperlich war er auf Schnelligkeit, Kraft, Ausdauer und Geschicklichkeit optimiert worden. Außerdem hatte er überdurchschnittlich gute Sinneswahrnehmungen und ein ausgeprägtes räumliches Vorstellungsvermögen. Bekleidet wirkte er schmächtig. Unbekleidet veränderten seine geschmeidigen, starken Muskeln den vermittelten Eindruck frappant. Und er musste nicht einmal für diese trainieren. Das war aber noch lange nicht alles. Die Thanatos-Behandlung verlieh ihm Langlebigkeit und nahezu vollständige Immunität gegenüber Krankheiten und Giften. Diese Behandlung konnten sich nur die Reichsten der Reichen leisten. Und was die xenomorphen Optimierungen anging, die Ariel erwähnt hatte, wusste er selber nicht wirklich, was sie veränderten oder bewirkten. Er hatte seinen Körper ohne Bedienungsanleitung bekommen.

Ariels Stimme drang in seine Gedanken ein: »Ich denke, dein Overall sitzt schon perfekt, kein Grund noch fünf Mal daran herum zu zupfen. Ich will eine Erklärung, wieso ein abgebrannter Raumfahrer bei mir angeheuert hat, der mit genetischen Optimierungen herumläuft, die mehr gekostet haben als die *Prospero*.«

Darian drehte sich um und begegnete Ariels Blick. Er musste ihr wohl zumindest einen Teil der Wahrheit sagen, bevor sie auf die Idee kam, dass er ein Industriespion war oder sonst eine absurde Theorie ausbrütete.

»In Ordnung. Wie du es so schön ausgedrückt hast, meine Eltern waren stinkreich. Betonung auf waren. Das Geld ist weg. Jetzt bin ich nichts weiter als ein Mensch, der finanziell eine schlechte Zeit hat. Von meiner Vergangenheit sind nur mein Körper, meine Fähigkeiten und meine Ausbildung übrig geblieben. Das ist alles. Ich bin genau die Person, die du eingestellt hast – ein Ingenieur und ein armer unabhängiger Raumfahrer.«

Einen langen Moment lang studierte Ariel Darians Gesicht, bevor sie offenbar zum Schluss kam, dass er die Wahrheit sagte. Ein bei ihr seltenes Lächeln erhellte ihr Gesicht: »Ja, ein Raumfahrer mit ein paar verdammt teuren und sehr nützlichen Extras.«

Sie drehte sich um und drückte ein paar Tasten auf ihrer Tastatur. Die Hälfte der Daten auf den Bildschirmen erlosch.

»Es hat keinen Nutzen, das zu speichern. Ich werde nur die grundlegenden medizinischen Daten in deiner Akte lassen. Aliana hat recht, Siri ist wirklich sehr neugierig. Sie wird mit Sicherheit auch deinen Untersuchungsbericht lesen und kurz darauf wüssten alle Bescheid. Meine Mannschaft hat im Moment auch ohne das schon genug Aufregung in ihrem Leben.«

Darian seufzte erleichtert auf und spürte, wie seine Anspannung nachließ. Die Thanatos-Behandlung alleine reichte aus, um die meisten Menschen ziemlich neidisch zu machen, wie er aus Erfahrung nur zu gut wusste.

Er sagte: »Vielen Dank. Ich werde ein paar Stunden schlafen. Dann überprüfe ich das ganze Schiff noch einmal.«

»In Ordnung. Du willst mir nicht zufällig verraten, wer deine Eltern waren?«

»Nein.«

»Hmm, Vert. Kann nicht sagen, dass ich je von ihnen gehört hätte. Ist das wirklich ... ?«

»Du weißt, dass es unmöglich ist, einen ID-Chip zu fälschen. Gute Nacht.«

Darian verließ die Medizinstation mit einem Lächeln. Er war sich sicher, dass Ariel sich umsonst den Kopf über seine Herkunft zerbrechen würde. Vert war der Mädchenname seiner Mutter gewesen. Darian hatte seinen Familiennamen legal auf ihren geändert, als er seinen Heimatplaneten und sein altes Leben hinter sich gelassen hatte. Sein ursprünglicher Nachname, der seines Vaters, war eine ganz andere Geschichte. Den hätte Ariel sofort wiedererkannt. Und ebenso schnell hätte sie sich an den, mit dem Namen verbundenen, Skandal erinnert.

Allein in seiner Kabine, wanderten Darians Gedanken unwillkürlich in die Vergangenheit. Der aktuelle Aufenthaltsort seines Vaters war ein Gefängnis für Wirtschaftskriminelle. Sein Vater hatte aus Gier extrem dumme Dinge getan und kurzsichtige Entscheidungen getroffen und das hatte zu einer entsetzlichen Katastrophe geführt. Darian erfand keine Ausreden für die Handlungen seines Vaters. Aber ihm war er immer ein guter Vater gewesen. Auch bei vollem Terminkalender hatte er immer Zeit für ihn gefunden und ein offenes Ohr für seine kindlichen Probleme gehabt. Zerknirscht wurde Darian bewusst, dass er seinem Vater schon lange keine Nachricht mehr geschickt hatte. Aufgrund seiner ständig wechselnden Aufenthaltsorte und der restriktiven Kommunikationsprivilegien seines Vaters im Gefängnis war es schwierig, Kontakt mit ihm zu halten. Wenn er das nächste Mal an einem zivilisierten Ort war, würde er dieses Versäumnis nachholen.

Darian ließ dieses Gespenst seiner Vergangenheit hinter sich und betrat die Sanitäreinheit in seiner Kabine. Nur um von einem weiteren Gespenst seiner Vergangenheit begrüßt zu werden. Er schnitt dem Gesicht im Spiegel eine Grimasse. Feinknochige, zarte Gesichtszüge und ungewöhnliche, mandelförmige, waldgrüne Augen – die Folgen der an ihm angewandten Gentechnik und das Ergebnis der Arbeit seiner Mutter. Sie war die Bioingenieurin gewesen, die ihn erschaffen hatte. Leider war sie gestorben, als Darian gerade erst zwölf gewesen war. Es war einer dieser außergewöhnlich unwahrscheinlichen Unfälle gewesen, die selbst die besten Sicherheitsmaßnahmen nicht verhindern konnten. Darian war nie dazu gekommen, sie zu fragen, warum sie ihn so erschaffen hatte. Und warum sie dafür gesorgt hatte, dass er – zumindest im angezogenen Zustand – wie ein Weichei aussah. Vor der Pubertät war es ihm egal gewesen und danach war es zu spät gewesen, um sie über seine genetischen Optimierungen zu befragen. Aber es war offensichtlich, dass ein Teil seiner genetischen Manipulationen darauf abzielte, ihn wie einen Schwächling erscheinen zu lassen. Was – angesichts der Kosten – sehr ungewöhnlich war.

Bevor er seinen Heimatplaneten verlassen und sein Wanderleben begonnen hatte, hatte er versucht, mehr über die Vorteile und Grenzen seines modifizierten Körpers herauszufinden. Die einzige noch lebende Informationsquelle zu diesem Thema war Hannibal, der frühere Assistent seiner Mutter gewesen. Der verschrobene Mann hatte Darian erzählt, dass seine Mutter alle Unterlagen über seine Erschaffung gelöscht hatte. Um dann unvermittelt zu verkünden: »Du bist ein Kunstwerk.«

Dabei hatte er Darian seltsam angestarrt, als plante er, herauszufinden, aus welchem Holz Darian geschnitzt war, selbst wenn er ihn dafür scheibchenweise zerstückeln musste. Darian hatte sich daraufhin schnell verabschiedet. Bis zu einem gewissen Grad war er erleichtert gewesen, dass keine Aufzeichnungen über die genetischen Sequenzen und Testreihen seiner Erschaffung erhalten geblieben waren. Am Ende waren das nur nackte Daten. Sie sagte nichts über die Person aus, die er war. Und sein Wissen darum hätte nichts geändert, schließlich steckte er in seinem Körper fest.

Darian schüttelte sich, um sich von den sentimentalen Gedankenspinnereien zu befreien. Er hatte genug von diesen unfreiwilligen Reisen in die Vergangenheit. Es stimmte, seine Kindheit war überwiegend glücklich gewesen, aber er war auch mit seinem jetzigen Lebensstil nicht unglücklich. Er gab ihm eine Freiheit, die er vorher nicht gekannt hatte. Keine Verpflichtungen zu haben – das war etwas, was er wirklich zu schätzen gelernt hatte.

Die *Prospero* passierte die Grenze zum Piratenterritorium in sicherer Entfernung zu *Outer Junction*. Siri hatte ein Kommuniqué für das Militär vorbereitet, in dem sie ihre Mission erklärten. Da nicht ein einziges Patrouillenschiff ihren Weg kreuzte, benötigten sie es nicht, was alle in der Mannschaft als Glücksfall ansahen. Zwei Stunden vor der für das Treffen vereinbarten Zeit fiel die *Prospero* an den Rendezvous-Koordinaten aus der Raum-Zeit-Blase. Die *Radiant Kiss* wartete bereits auf sie. Das Schiff war zehnmal so groß wie die *Prospero* und sah aus wie eine besonders hässliche Flunder, auf deren flacher Oberseite das NirKaga-Logo prangte. Darian verpasste die erste Kommunikation mit dem Schiff, weil er damit beschäftigt war, den Negativen--Materie-Antrieb ordnungsgemäß in den Ruhezustand zu versetzten. Siri wiederholte ihm das Gespräch später in der Messe in allen Einzelheiten. Ihr zufolge war der Kapitän der *Radiant Kiss* ein höchst unhöflicher Mann namens Altero. Er befehligte das Schiff, aber der eigentliche Leiter der Operation war ein NirKaga Agent. Der wiederum war laut Siri nicht nur unhöflich, sondern schlicht ein Arschloch. Er hatte sich nicht vorgestellt und kein Wort über die Mission verloren. Das Einzige, das er von sich gegeben hatte, war, dass die *Prospero* den Anweisungen der *Radiant Kiss* zu folgen hatte.

Nach der kurzen Kommunikation sandte ihnen die *Radiant Kiss* die Koordinaten des Treffpunkts mit den Piraten zu. Die beiden Schiffe synchronisierten ihre Bordzeiten, um Pannen im Zeitplan zu vermeiden. Dann sprangen sie zurück in ihre jeweilige Raum-Zeit-Blase für die letzte Etappe der Reise. Eingeschlossen in die individuellen Blasen in der gestreckten Raumzeit war keine weitere Kommunikation zwischen der *Radiant Kiss* und der *Prospero* möglich, bis sie wieder in den Realraum fielen. In acht Stunden würden sie ihr Ziel erreichen.

Darian überprüfte die Technik der *Prospero* zum dritten Mal und beschloss dann, es gut sein zu lassen. Ein Problem, das er bislang nicht entdeckt hatte, würde er auch bei einer vierten Überprüfung in kurzer Abfolge nicht finden. Er kletterte nach oben und ging in die Messe auf eine Tasse Kaffee. Oder was an Bord der *Prospero* als Kaffee bezeichnet wurde. Das lauwarme braune Gebräu hatte mit echtem Kaffee nur in etwa die Farbe gemein. Aber immerhin hatte es zumindest denselben Koffeingehalt.

Während er an der trüben Flüssigkeit nippte, kam Sanura in die Messe. Sie grüßte ihn mit einem Nicken und einem Lächeln und goss sich ebenfalls eine Tasse des Gebräus ein. Darian erwiderte den freundlichen Gruß von ganzem Herzen. In den letzten Tagen hatte er die kühle, immer gefasste Frau zu schätzen gelernt. Sanura schien sich von Widrigkeiten nicht beeindrucken zu lassen.

»Noch eine letzte Pause, bevor wir mit den Piraten alle Hände voll haben?«, fragte Darian.

»Auch. Aber eigentlich war ich auf der Suche nach dir.«

Sanura setzte sich und nahm einen Schluck: »Bäh. Das Zeug wird immer schlimmer.«

»Das Wasser wurde zu oft wiederaufbereitet. Was kann ich für dich tun?«

Sanura zögerte einen Moment, dann stellte sie ihren PortaComp zwischen sich und Darian auf den Tisch.

»Sieh dir bitte einmal die Pläne der *Radiant Kiss* an.«

»Wie bist du ... ? Ah! Du hast eine Statusabfrage in den Datenstrom geschmuggelt, als die Schiffscomputer die Bordzeiten synchronisiert haben. Netter Trick. Und da du direkt aus dem Netzwerk gearbeitet hast, hat niemand deine kleine Spionageaktion bemerkt.«

Sanura grinste: »Der Schiffscomputer der *Radiant Kiss* hat nur die grundlegenden Schemata für eine Notfallevakuierung bereitgestellt. Aber ich habe sie mit den visuellen Daten kombiniert, die wir bei unserem Treffen aufgezeichnet haben, und heraus kam das hier.«

Sie aktivierte ihren PortaComp und ein leicht schimmerndes dreidimensionales Bild erschien. Dreidimensionale holografische Darstellungen waren technisch einfach zu bewerkstelligen. Im Alltag kamen sie trotzdem selten zum Einsatz, da Menschen zweidimensional präsentierte Informationen schneller verarbeiten konnten. Aber um Schiffsschemata zu studieren, war ein Hologramm ideal. Darian beneidete Sanura kurz um dieses Modul in ihrem PortaComp, dann erinnerte er sich daran, dass sein PortaComp ebenfalls zusätzliche Module hatte, die für ihn nützlicher waren. Und der Platz in den Dingern war nun einmal begrenzt, wenn man nicht ein auffälliges Riesenteil am Arm tragen wollte.

»Schick«, sagte Darian und beugte sich vor, um die Pläne genauer zu studieren.

»Hm. Es scheint, dass unsere angeblichen Verbündeten eine verborgene Agenda haben. Hier, hier und hier – das sind Torpedoports. Und ich sehe keine Notwendigkeit, warum die Schiffshülle so dick sein müsste. Also ist es wohl eine Panzerung? Keine Keramikplatten – das wäre zu offensichtlich. Energieschilde sind wahrscheinlicher.«

Bei Kämpfen im Weltraum mussten sich die Kontrahenten ziemlich nahekommen. Ab einer gewissen Distanz verlor die Standardbewaffnung schnell an Effizienz. Die am häufigsten verwendeten Waffen waren Torpedos. Die fanden ihr Ziel mit Hilfe der Energiesignatur eines Schiffes, die in den leeren Weiten des Alls wie ein Leuchtturm strahlte. Energieschilde verschleierten und streuten diese Energie--Emissionen zu einem gewissen Grad. Und je größer die Distanz zum Gegner war, desto mehr Zeit hatte der, im Anflug befindliche Torpedos abzuwehren.

Impulslaserkanonen waren bei den Waffen die zweite Wahl. Um damit einen Gegner zu treffen, brauchte man aber ab einer gewissen Entfernung, aufgrund des geringen Durchmessers des Strahls, eine sehr schnelle und genaue Zielerfassung. Abgesehen davon waren die hervorstehenden Schächte der Impulslaserkanonen ein sicheres Anzeichen dafür, dass ein Schiff bewaffnet war. Keramikplatten waren die übliche Gegenmaßnahme, aber sie waren teuer und ebenso ein sicheres Zeichen, dass ein Schiff auf Kämpfe ausgelegt war. Auf Grund dessen wurden sie meist nur auf den Schiffen des Militärs eingesetzt.

Sanura nickte zu Darians Rückschlüssen: »Das denke ich auch. Und das bedeutet, die *Radiant Kiss* plant, die Piraten anzugreifen.«

»Sehe ich auch so. Aber warum haben sie uns dann überhaupt beauftragt, wenn das von Anfang an die Absicht war? Ich nehme an, unser Einsatz kostet NirKaga eine schöne Stange Geld?«

»Natürlich, aber Kosten sind bei so etwas kein entscheidender Faktor für einen Konzern. Ich denke, NirKaga hat die *Prospero* als Ablenkung und Rückversicherung angeworben. Aber die *Radiant Kiss* ist mit Sicherheit hier, um die Piraten anzugreifen. Der größte Kunde von NirKaga ist das Militär. Sie können es sich nicht leisten, erpressbar zu sein oder zu erscheinen. Die Rettung der Geisel ist für NirKaga optional. Wenn möglich, werden sie versuchen, beides zu erreichen: die Geisel retten und die Piraten zu eliminieren. Aber wenn die Rettung fehlschlägt, hat die Geisel eben Pech gehabt.«

»Hm. Wenn ich mir das Layout der *Radiant Kiss* ansehe, erhöhen sich, mit uns als Ablenkung, ihre Chancen für einen erfolgreichen Angriff tatsächlich. Die Torpedoschächte befinden sich alle im Unterbauch der *Radiant Kiss*. Im Anflug können sie ihnen ihre unbewaffnete und unverfängliche Oberseite zeigen. Aber um zu schießen, müssen sie die Unterseite auf die Piraten ausrichten. Damit die Torpedos einen möglichst kurzen Flugweg haben und die Piraten nicht genug Zeit, Gegenmaßnahmen zu ergreifen. Warum also nicht die Aufmerksamkeit der Piraten auf ein kleines, schwach gepanzertes und unbewaffnetes Schiff lenken? Und die Anwesenheit eines Ambulanzschiffs ergibt unter diesen Umständen absolut Sinn und wird die Piraten nicht misstrauisch machen. Ich schätze, NirKaga will, dass wir den Geiselaustausch durchführen, damit sie währenddessen den Angriff starten können. Abgesehen davon, stell dir vor, sie würden den Austausch ohne Ambulanz machen und die Geisel stirbt danach wegen mangelnder medizinischer Versorgung. Wäre ziemlich dumm und für NirKaga äußerst peinlich.«

Sanura nickte zustimmend: »Klingt wie das wahrscheinlichste Szenario. Ich werde mit Ariel reden. Aber selbst mit diesem Wissen wird sie nicht von der Mission zurücktreten. NirKaga würde sich offiziell bei AesklepMed beschweren, wenn sie den Job ablehnt und dann wäre Ariel ihre Anstellung los. Und auch wenn NirKaga hinterher AesklepMed für diese zwielichtige Aktion entschädigen muss, juckt sie das nicht. AesklepMed hat nur Verwendung für brave Angestellte die ihren Befehlen ohne Fragen zu stellen Folge leisten. Und die *Prospero* bedeutet Ariel alles. Ich werfe ihr das nicht vor. Ich wünschte nur, wir wären nicht mitten in diesem Schlamassel gelandet.«

»Warum hat uns NirKaga ihren Plan nicht verraten? Eine Zusammenarbeit wäre deutlich effizienter und vor allem erfolgversprechender.«

»Ja, das wäre die logische und vernünftige Vorgehensweise. Aber hier geht es um große Konzerne. Und du hast offenbar keine Ahnung, wie solche Konzerne funktionieren. Wenn NirKaga ihren Plan vorher angekündigt hätten, hätte AesklepMed neu verhandelt. Was Zeit benötigt hätte. Zu viel Zeit für NirKaga, die das Problem offensichtlich so schnell wie möglich aus der Welt schaffen wollen. Und wenn die *Prospero* dabei draufgeht, haben sie nachher immer noch alle Zeit der Welt, um darüber zu verhandeln, wessen Schuld es war und wer die Kosten tragen muss. Und Schiffsbesatzungen sind in den Augen der großen Konzerne genauso ersetzbar wie Schiffe. Alles nur eine Frage des Geldes. Es kommt nicht von ungefähr, dass die Personalabteilungen in großen Konzernen schon ewig nur mehr ›Human Resources‹ heißen. Für die Leute rund um die Konferenztische sind wir nur eine weitere Ressource, wie Schiffsmotoren oder Keramikschilde.«

»Deprimierend. Also machen wir weiter wie gehabt und bereiten uns darauf vor, dass der Inhalt des Recycling-Tanks mit hoher Wahrscheinlichkeit im Ventilationssystem landen wird«, sagte Darian.

»Nette Formulierung.«

»Eine naheliegende, wenn du einen Monat am *Nachttopf* verbracht hast.«

Der Treffpunkt mit dem Piratenschiff lag in einem Teil des Weltraums, der normalerweise nichts enthielt. Und das war auch so, als die *Prospero* und die *Radiant Kiss* eintrafen. Die Piraten waren nicht so dumm, wie ein hybernierender Wakun an dem Ort zu warten, an dem man sie erwartete. Schließlich hätte NirKaga statt eines einzelnen Schiffes eine ganze Flotte schicken können. Was zwar zum Tod der Geisel geführt hätte, aber wenn jemand großen Konzernen Skrupellosigkeit zutraute, dann Piraten, die unter demselben moralischen Kompass operierten.

Diesmal stellte Darian sicher, dass er mithörte, als die *Radiant Kiss* sie erneut kontaktierte. Er loggte sich ins Netzwerk ein, um von dort die Kommunikation zwischen den beiden Schiffen zu verfolgen. Sanuras Netzwerk-ID gesellte sich kurz darauf zu seiner. Darian blitzte ihr die digitale Version eines Lächelns zu und konzentrierte sich dann auf den Mann, der mit Ariel sprach. Teure Frisur, GenOpt-Haut, maßgefertigter Anzug, das war wohl der namenlose NirKaga-Agent. Die einleitenden Begrüßungen waren vorbei und die emotionslose Stimme des Mannes dröhnte weiter: »Dreißig Minuten bis zur vereinbarten Zielzeit. Sobald die Piraten ankommen, nähern sie sich mit Ihrem Schiff dem der Piraten. Der Austausch von Lösegeld und Geisel erfolgt gleichzeitig. Die Geisel wird von Luftschleuse zu Luftschleuse direkt auf Ihr Schiff gesandt. Sie wiederum senden die Zahlung zu den Piraten.«

»Wann bringen Sie das Lösegeld auf die Prospero?« Ariels Stimme war professionell und distanziert, aber die angespannten Muskeln um ihren Mund machten ihre Lippen schmal und verrieten ihren Missmut.

»Jetzt, meine Crew bereitet gerade eine Drohnen-Kapsel vor.«

Ariels nächste Frage war unangebracht für eine folgsame Befehlsempfängerin, aber Darian konnte es ihr nicht verdenken, dass sie sie stellte: »Was verlangen Piraten eigentlich als Bezahlung?«

»Bargeld. Eine Menge. Was sonst?«

Ein Hauch von Bitterkeit war in der Stimme des Mannes zu hören.

»Damit können sie dann legal kaufen, was immer sie wollen. Wie auch immer, die *Prospero* und das Piratenschiff werden sich annähern, bis ihre Luftschleusen gegenüberliegen. Dann findet der Austausch statt. Die Geisel und das Lösegeld werden gleichzeitig aus den Schleusen heraus- und aufeinander zugestoßen. Die *Radiant Kiss* wird in sicherer Entfernung warten.«

Sanura kontaktierte Darian per privater Nachricht im Netzwerk: »Sieht aus, als wollten sie die Geisel wirklich retten. Das heißt, sie werden mit dem Angriff warten, bis der Austausch stattgefunden hat.«

»Scheint so. Warum sich sonst die Mühe machen, uns das Geld zu geben.«

»Alles wie ausgemacht, um die die kleinen Piraten in den Schlaf zu wiegen. Und sie dann permanent in den letzten Schlaf zu versetzen.«

Eine Nachricht von Ariel unterbrach ihr privates Gespräch: »Darian, zieh deinen Raumanzug an und begib dich zur unteren Luftschleuse. Die Drohne ist am Weg.«

Darian schickte eine Bestätigung und wollte sich gerade abmelden, als Sanura noch eine Nachricht schickte: »Oooh, du bekommst das ganze schöne Geld zu sehen!«

»Neidisch?«

Darian übertrug all seine Kontrollen an Sanura. Das war eine Sicherheitsvorkehrung, auf die sich die Besatzung im Vorhinein geeinigt hatte. Während des Geiselaustauschs würde Sanura alle Kontrollen des Schiffes übernehmen. Da sie wie Darian innerhalb des Netzwerks arbeiten konnte, war sie sehr viel schneller und effizienter als ein nicht implantierter Pilot. Oder ein nichtimplantierter Ingenieur wie Tim.

Die Funktionen von Pilot und Techniker gleichzeitig auszuführen, würde einen Tribut fordern, aber Sanura hatte ungefähr eine Stunde Zeit, bevor die Anstrengung zu viel für ihr Gehirn wurde. Aber bis dahin verschaffte ihnen diese Konfiguration im Notfall einen nicht zu unterschätzenden Vorteil.

Darian loggte sich aus und brauchte wie immer einige Sekunden, bis er wieder Herr seiner Sinne und seiner Umgebung war, nicht unähnlich dem Erwachen aus einem intensiven Traum. Sobald er wieder ganz in der Realität angekommen war, holte er seinen Raumanzug aus dem Einbau-Spind. Dieses für den Schiffsingenieur bestimmte Modell war mit servohydraulischen Muskelverstärkern ausgestattet. Widerstandsfähigere Materialien machten es außerdem strapazierfähiger als die Standardmodelle. Diese Ausführung war ein praktischer und preiswerter Kompromiss zwischen den Standardraumanzügen und den vom Militär bei Kampfeinsätzen verwendeten. Sie bot die notwendige Manövrierfähigkeit für Arbeiten an der Außenhülle und war widerstandsfähig genug, um nicht gleich beim ersten Hängenbleiben an einer scharfen Kante zu reißen, was unweigerlich zum Tod des Anzugträgers führte. Und zu keinem angenehmen.

Darian hasste die enganliegenden Haarnetze, die verwendet wurden, um das Kopfhaar zusammenzuhalten, wenn man einen Anzug trug. Mit geübten Handgriffen band er seine schwarzen Haare zu einem Pferdeschwanz zurück und stellte sicher, dass keine verirrte Strähne übrig blieb. Frei schwebende Haare im Helm waren in der Schwerelosigkeit extrem nervtötend. Darian hatte seine Frisur mehrere Monate lang perfektioniert, bis er damit zufrieden war und auf das ungeliebte Haarnetze verzichten konnte. Jetzt trug er seine Haare an den Seiten und im Genick kurz geschoren, den Rest schulterlang. So konnte er bei Bedarf immer noch sein Implantat verstecken und trotzdem auf das Haarnetz verzichten.

Er zog seinen Overall aus, kratzte sich vorsorglich an allen Stellen, die später trotzdem jucken würden, und zog den Anzug an. Sobald er die vordere Naht vom Schritt bis zum Nacken geschlossen hatte, aktivierte sich der interne Computer des Anzugs und die Überwachungssensoren verbanden sich mit seinem Körper. Unaufgeblasen hing der Helm wie eine Kapuze auf seinem Rücken. Er legte den Gürtel an, an dem diverse Werkzeuge mit Magnetklipps befestigt waren.

Die untere Luftschleuse befand sich im Frachtraum der *Prospero*. Normalerweise wurde sie zum Laden der Vorräte und Verbrauchsgüter benutzt und war daher um einiges größer als die Personenschleuse auf der Hauptebene. Der einfachste Zugang zum Laderaum war eine Luke am Gang vor der Brücke. Tim wartete schon neben der Luke, ebenfalls im Raumanzug und knetete nervös seine Finger.

»Ich bin dein Backup.«

Es war die Standardprozedur, dass eine Person, die im All arbeitete, von einer zweiten gesichert wurde. Tim war bereits während der Reparaturen am Rumpf Darians Sicherung gewesen. Darian sah in der aktuellen Situation keinen Grund dafür, aber vielleicht wollte Ariel ihn nicht mit dem Geld alleine lassen. Als hätte er damit abhauen können.

Darian öffnete die Luke und folgte der Rampe in den Frachtraum. Aufgrund der langen Zeit, die die *Prospero* schon unterwegs gewesen war, war der Frachtraum fast leer und die Luft schmeckte verbraucht. Der Raum wurde unter Druck gehalten, aber die Luft darin wurde nicht aktiv getauscht. Die Luftschleuse nahm eine gesamte Wand ein.

Tim und Darian öffneten die Innentür der Luftschleuse, setzten die Helme auf, pumpten die Anzüge auf und warteten dann, dass die auf den Helmvisieren eingeblendeten Anzeigen auf grün schalteten. Der Vorschrift folgend sicherte Tim sie beide mit Polykarbonleinen, die an Haken an der Wand der Luftschleuse befestigt waren. Darian schloss die innere Schleusentür und Pumpen begannen die Atmosphäre abzusaugen. Zigmal erlebte Routine, aber Darian spürte die nervöse Energie, die Tim und ihn heute umgab. Als sich der Druck dem Vakuum näherte, schaltete sich das im Schleusenboden verlegte Gitter zur Erzeugung der künstlichen Gravitation ab und sie begannen zu schweben. Normalerweise lösten die ersten Momente in der Schwerelosigkeit ein Hochgefühl in Darian aus, heute drehten sie ihm den Magen um. Tim sah hinter dem Helmvisier ebenfalls ein wenig grün aus. Nicht gut. Ein Raumanzug war darauf eingerichtet, mit den menschlichen Ausscheidungsprodukten fertig zu werden, aber in den Helm zu kotzen war trotzdem eine eklige Sauerei.

Die Kontrollen der Luftschleuse schalteten auf Grün und die Außentür öffnete sich lautlos, die letzten Reste der Atmosphäre entschwebten in einem feinen Nebel ins All.

Die Drohnen-Kapsel schwebte bereits einige Meter vom Rand der Luftschleuse entfernt im All. Transportdrohnen wurden für den schnellen Austausch zwischen Schiffen eingesetzt, wenn kein direkter Kontakt erforderlich oder möglich war. Darians Helmanzeige informierte ihn automatisch über die Abmessungen der Kapsel. Sie würde gerade noch so durch die Luftschleuse passen. Der Zylinder war auf der Oberfläche rundherum mit Griffen ausgestattet. Normalerweise wurden die Kapseln mit einer langen Hakenstange eingeholt, was Darian umständlich fand. Er löste den unter Gasdruck stehenden Enterhaken von seinem Gürtel, zielte und feuerte. Der Haken traf und die magnetische Klaue am Ende des Seils schloss um einen der Griffe an der Kapsel. Darian wurde vom Rückstoß nach hinten gedrückt. Er griff nach einem der Haltegriffe im Rahmen der Luftschleuse und stabilisierte sich wieder.

»In Ordnung, Schritt eins war erfolgreich. Der Goldfisch ist an der Angel, jetzt müssen wir ihn nur noch einholen. Tim, schweb Richtung Decke, ich will vermeiden, dich mit einem Haufen Geld platt zu machen.«

In der Schwerelosigkeit bestand das Problem mit sich bewegenden Objekten darin, dass sie, sobald sie einmal in Bewegung waren, ihre Bewegung fortsetzten. Die Missachtung des Gesetzes der Impulserhaltung hatte im All schon ebenso viele Menschenleben gekostet, wie unerwartete Risse in Raumanzügen. Wobei die unerwarteten Risse nicht selten erst durch die Missachtung des Impulserhaltungsgesetzes verursacht wurden.

Darian wartete, bis Tim aus dem Weg geschwebt war, und ruckte kurz am Seil. Der Torpedo glitt langsam in gerader Linie auf ihn zu. Er ließ den Haltegriff los und stieß sich in Richtung der manuellen Kontrollen für das Gravitationsgitter im hinteren Bereich der Schleuse ab. Wobei er heute darauf verzichtete, dabei einen doppelten Salto rückwärts oder sonst eines der Kunststücke auszuführen, mit denen er sich für gewöhnlich in der Schwerelosigkeit vergnügte. Es gab für alles eine Zeit, und jetzt war nicht die Zeit Spaß zu haben. Sein immer noch unruhiger Magen spielte bei der Entscheidung, zugegeben, auch eine Rolle.

Sobald die Kapsel in voller Länge innerhalb der Schleuse war, aktivierte Darian das Gravitationsgitter. Die Kapsel stürzte wie eine große Kiste Geld nach unten. Der Aufprall ließ die Metallplatten der Luftschleuse vibrieren. Tim und er machten sich notgedrungen ebenfalls gleichzeitig auf den Weg nach unten. Darian landete auf seinen Füßen, Tim weniger anmutig auf dem Bauch. Es dämmerte Darian, dass er ihn wohl besser hätte warnen sollen, bevor er die Gravitation wieder aktivierte.

»Tut mir leid. Alles in Ordnung?«

Eine ununterbrochene Reihe von Flüchen füllten Darians Ohren über die Helmlautsprecher. Tim schien also nicht ernsthaft verletzt zu sein.

»Tim, hör auf«, ertönte Ariels Stimme über Funk. »Darian, krude, aber schnelle Lösung. Hol das Geld heraus, noch zehn Minuten bis Übergabe.«

Also hatte Ariel sie über die interne Kamera beobachtet.

»Schon dabei.«

Darian näherte sich der Drohnen-Kapsel. Sie war nicht sicherheitsverriegelt und er musste nur einen Knopf drücken, um die Luke zu öffnen. Was er tat.

In dem kleinen Frachtraum der Kapsel befand sich eine durchsichtige Plexiglaskiste voll glänzender Metallstäbe. Während Geld hauptsächlich digital über die ID-Chips transferiert wurde, hatte die Menschheit ihr Bedürfnis nach einer Währung, die ohne Spuren zu hinterlassen zu verwenden war, nie aufgegeben. Die Lösung waren Stangenbarren aus seltenen Metallen, versehen mit einem, auf molekularer Ebene codierten, Siegel der Zentralbank der menschlichen Föderation, das den materiellen Gegenwert bestätigte. Verpönt, aber legal. Die Metallstäbe, die Darian sehen konnte, waren mit atemberaubenden Werten markiert.

»Verdammich!«

Tim hatte offensichtlich seinen Schmerz vergessen und starrte auf den Koffer.

Darian räusperte sich: »Ariel, siehst du das? Ich muss das Gravitationsgitter wieder deaktivieren, um den Koffer aus dem Laderaum zu heben und die Kapsel loszuwerden. Ich nehme an, wir benutzen diese Luftschleuse für den Austausch?«

»Korrekt. Mach weiter. Nach Angaben der Piraten befindet sich die Geisel in einem lebenserhaltenden Tank. Der würde nicht durch die Personenschleuse passen. Die Bakers sind bereits auf dem Weg in den Frachtraum, um sich auf die Ankunft des Tanks vorzubereiten.«

Plötzlich durchlief ein tiefes, vibrierendes Schaudern die Prospero. Der Lärm der Plasmatriebwerke schwoll zu einem heulenden Crescendo an, das Darian und Tim sogar über den Helmfunk hören konnten, als die Prospero darum kämpfte, ihre aktuelle Position zu halten.

Ariels schroffe Stimme schnitt durch den Lärm. »Die Piraten sind hier.«

Oszillierende Erschütterungen ließen die Prospero immer noch beben. Das Piratenschiff war viel zu nahe an der Prospero aus der Raum-Zeit-Blase gekommen, wohl um sie nervös zu machen. Die Prospero wurde von den nachlassenden Überresten der Blase durchgerüttelt, wie ein Boot, das von den Wellen eines nahe vorbeifahrenden Schiffes zum Tanzen gebracht wurde.

Während Darian sich bemühte, sein Gleichgewicht zu halten, erschien eine Nachricht von Sanura auf seiner Helmanzeige. »Die Radiant Kiss hat sich gedreht. Sie zeigen den Piraten nur ihre hübsche Oberseite.«

Kapitän Altero hatte also trotz der ungehobelten Ankunft der Piraten die Ruhe bewahrt. Darians Respekt vor dem Mann stieg um eine Stufe.

Ariels Stimme ertönte über Funk: »Darian, beweg dich. Wir haben bereits einen Anflugvektor übermittelt bekommen. Nimm den Container mit dem Lösegeld aus der Kapsel und sieh zu, dass du die Kapsel loswirst. Und halte dich für den Austausch bereit.«

»Du willst, dass Tim und ich den Austausch machen?«

Darians Stimme krächzte leicht, seine Kehle war plötzlich trocken.

»Wer sonst? Ihr seid bereits da und der Rest der Besatzung wird auf ihren Stationen benötigt.«

Darian tauschte einen nervösen Blick mit Tim aus. »Ja, Kapitänin. Wir warten auf weitere Befehle.«

Tims Versuch ermutigend zu lächeln war nicht von Erfolg gekrönt und endete in einer Grimasse.

»Toll. Wir bekommen nicht nur das viele schöne Geld zu sehen, sondern auch noch echte Piraten. Sind wir nicht Glückspilze?«

»Ich glaube nicht, Tim. Von so einer Sight-Seeing Tour war definitiv keine Rede, als ich angeheuert habe. Lass es uns hinter uns bringen. Halte dich für die Deaktivierung des Gravitationsgitters bereit.«

»Jetzt denkst du daran, mich zu warnen.«

Sobald sie wieder in der Schwerelosigkeit waren, hob Darian den Geldbehälter aus der Kapsel und sicherte ihn. Dann schoben sie die Kapsel aus der Luftschleuse. Nachdem diese in eine sichere Entfernung abgedriftet war, aktivierten sich ihre Antriebsdüsen automatisch und schickten die Drohne auf die vorprogrammierte Rückreise.

Darian hielt sich an einem der Griffe am Rahmen der Luftschleuse fest und spähte hinaus. Das Piratenschiff hing über ihnen, schwach beleuchtet vom Streulicht der nächsten Sterne. Mithilfe des Zooms seines Helmvisiers begutachtete Darian, womit sie es zu tun hatten. Er hatte ein mittelgroßes, klappriges Schiff erwartet, aber was er sah, war beeindruckend. Schwere Panzerung, offene Torpedoöffnungen und hervorstehende Schäfte von Impulslaserkanonen – das sah sehr nach einem ehemaligen Militärschiff aus. Darian hoffte, dass Kapitän Altero nicht dieselben Erwartungen gehabt hatte wie er selbst. Sonst würde der Kampf schnell vorbei sein.

Sanura manövrierte die *Prospero* entlang des Rumpfes des Piratenschiffs, um dessen Luftschleuse zu erreichen, die von Außenscheinwerfern hell erleuchtet wurde. Dann drehte sie die *Prospero*, um die Ausrichtung der künstlichen Gravitation der beiden Schiffe auszurichten. Darian war dankbar für Sanuras Aufmerksamkeit. Obwohl es in der Schwerelosigkeit irrelevant war, war es irritierend, wenn das Gegenüber kopfüber stand oder schwebte. Sanura bremste mit den Manövrierdüsen und sie kamen fast komplett zum Stillstand. Sie trieben jetzt etwa fünfzig Meter von der anderen Luftschleuse entfernt, was im Weltraum praktisch als Tür an Tür galt. Sanura war eine exzellente Pilotin, aber Darian hatte im Moment nicht die Muße, sie dafür zu bewundern. Sein Zoom zeigte zwei Piraten in der gegenüberliegenden Luftschleuse in hell erleuchteten Details. Beide trugen schwer gepanzerte Militär-Raumanzüge, die Magnetplatten in ihren Stiefeln hielten sie am Boden. Einer war mit einem Flechette-Gewehr bewaffnet, bestens geeignet, um den Raumanzug eines Gegners zu durchlöchern. Der andere sicherte einen schwebenden, mannshohen, an einen Sarg erinnernden Lebenserhaltungstank mit durchsichtigem Deckel. Darin war etwas, das einmal ein vollständiger Mensch gewesen war.

»Ariel?«

»Warte, sie überprüfen noch die Identität der Geisel.«

Tim war zu Darian am Rand der Luftschleuse geschwebt und betrachtete den Lebenserhaltungstank mit kühler Professionalität.

»Die Übergabe sollte nicht zu lange dauern. Dieser Tanktyp funktioniert nur kurze Zeit autark. Und Darian, benutz dafür nicht den Enterhaken, diese Dinger sind nicht sehr stabil.«

Offenbar als Reaktion auf eine Bitte kippte der Pirat plötzlich den Tank hoch. Darian erhaschte einen Blick auf ein fahles Gesicht, umgeben von Schläuchen. Die Augen des unbekannten Mannes waren geschlossen. Eingesperrt in sein Maschinengefängnis wirkte der Mann verletzlich und hilflos. Entnervt von dem Anblick, schaltete Darian den Zoom aus.

»Darian, kipp den Lösegeldkoffer hoch und zeig ihn den Piraten.«

Ariel klang so angespannt, wie er sich fühlte.

Er befolgte den Befehl und hielt den Koffer hoch. Der Pirat mit dem Gewehr bewegte sich vorwärts, wohl um mit dem Zoom seines Helmvisiers einen genaueren Blick auf das Lösegeld zu werfen.

Nach einem Moment sagte Ariel: »Alles ok. Auf mein Signal stoß den Koffer hinüber.«

Darian stemmte sich gegen den Luftschleusenrahmen, um dem Koffer einen kräftigen Stoß zu geben, und hörte über Funk, wie Ariel tief Luft holte: »Okay, los ... Verdammt!«

In derselben Sekunde blitzte eine knallrote Nachricht von Sanura auf Darians Schirm auf. »Sie hat gedreht!«

Die *Radiant Kiss* zeigte jetzt ihre hässliche, bewaffnete Seite. Darian teilte Ariels Einschätzung: Verdammt. Eine Sekunde zu früh. Ob es daran lag, dass jemand auf der *Radiant Kiss* zu nervös geworden war, oder an den, wenn auch geringen, aber im verschlüsselten Funkverkehr unvermeidlichen Verzögerungen, das Ergebnis war, dass sie jetzt tief im Klärschlamm saßen.

Die beiden Piraten auf der anderen Seite hatten offenbar auch erkannt, dass der Austausch schief gelaufen war. Der Pirat, der den Lebenserhaltungstank festhielt, stieß ihn plötzlich aus der Luftschleuse. Aber nicht wie geplant in Darians Richtung, sondern schräg nach unten. Der Tank begann ins All zu treiben.

»Verflucht«, entfuhr es Darian.

Er folgte dem Beispiel des Piraten und stieß den Koffer mit dem Lösegeld schräg nach oben aus der Luftschleuse.

Hoffentlich lenkte das sich in die Weiten des Alls entfernende Lösegeld die Piraten zumindest kurz ab. Vor allem den mit dem Flechette-Gewehr.

Darian machte eine blitzschnelle mentale Kalkulation und orientierte seinen Körper in Richtung des davontreibenden Tanks. Er zog die Beine an und stieß sich mit aller Kraft, die die Muskelverstärker des Anzugs hergaben, von der *Prospero* ab.

Leider war seine Einschätzung nicht ganz korrekt gewesen. Statt auf den Tank zu treffen, trieb er unter ihm hindurch, gerade außerhalb der Reichweite seiner Arme. Darian versuchte verzweifelt und wider besseren Wissens, seine Richtung zu ändern. Erfolglos. Das Impulserhaltungsgesetz war gnadenlos wie immer.

Tim griff nach dem Sicherungsseil, an dem Darian hing, und straffte es, als er sah, dass Darian den Tank verfehlte. Darians Vorwärtsbewegung kam abrupt zu einem Halt. Der Tank setzte derweilen unbeirrt seine eingeschlagene Route fort. Diesmal war das Impulserhaltungsgesetz zu Abwechslung auf Darians Seite. Das straffgespannte Seil wurde durch den Impuls des Tanks geknickt und Darian infolgedessen in eine Rückwärtsbewegung versetzt. Er bekam den Tank zu fassen und suchte fieberhaft tastend nach einem Halt auf der glatten Oberfläche. Seine Hände fanden eine Vertiefung. Er klammerte sich fest und schlang seine Beine, so gut es ging, um den Tank. Der Aufprall hatte ihn und den Tank in eine rollende Drehbewegung versetzt. Sterne und Schiffe wirbelten um ihn herum, seine Magensäure stieg hoch und brannte in seiner Kehle. Das gleißende Licht einer Explosion blendete ihn kurzfristig. Als er wieder sehen konnte, segelten Trümmer der Außenhülle des Piratenschiffes an ihm vorbei. Wenn ihn eines davon traf ...

»Tim, zieh mich rein so schnell du kannst«, würgte Darian heraus.

Sekunden später spürte er einen starken Ruck an der Sicherungsleine und er und der Tank bewegten sich in Richtung der Luftschleuse der *Prospero*.

»Darian, gleiches Manöver wie mit dem Torpedo.«

Desorientiert von der Drehbewegung und den gleißenden Explosionen, die in immer schnellerem Takt zu erfolgen schienen, brauchte Darian eine Sekunde, bis er verstand, was Tim ihm sagen wollte. Sobald Tim das Gravitationsgitter aktivierte, würde die Vorwärtsbewegungsenergie des Tanks zum größten Teil nach unten umgeleitet. Das bedeutete aber auch, dass der Tank wieder sein volles Gewicht haben würde. Wenn er unter dem Tank landete, würde das zu gebrochenen Rippen führen. Im besten Fall. Er musste versuchen, auf die Oberseite zu kommen. Aber wo war oben? Darian reckte den Hals im Versuch, sich zu orientieren. Die Luftschleuse der *Prospero* kam viel zu schnell näher. Und dann wurde Darian plötzlich klar, dass er noch ein Problem hatte. Das Seil zog an ihm, während er den Tank hinter sich herzog. Er musste zusätzlich vermeiden, dass er bei der Landung zwischen den Tank und die Rückwand geriet.

Die Luftschleuse klaffte vor ihm auf. Darian stieß mit dem Rücken an den Rahmen der Schleuse, was ihn samt dem Tank in eine weitere Drehbewegung versetzte. Er stieß einen unterdrückten Schmerzenslaut aus.

Sekundenbruchteile bevor der Tank zur Gänze innerhalb der Schleuse war, stieß sich Darian in Richtung der Decke ab. Zumindest hoffte er inbrünstig, dass es in Richtung der Decke war.

Tim schaltete das Gravitationsgitter ein, und die Schwerkraft übernahm erneut die Herrschaft. Darian prallte auf, wurde mehrmals herumgeschleudert und schlitterte dann über die Metallplatten, bis ihn eine Wand unsanft stoppte. Seine Welt löste sich im Chaos auf. Jemand rief

Befehle, aber Darians Gehirn weigerte sich, die Worte zu verarbeiten. Sein ganzer Körper schmerzte. Aber immerhin klebte er nicht zerquetscht an der Wand oder am Boden.

Während Darian noch stöhnend herauszufinden versuchte, welche seiner Knochen noch ganz waren, durchlief die Luftschleuse den Druckzyklus. Jemand öffnete seinen Helm. Tims Gesicht tauchte vor ihm auf.

»Du bist vollkommen verrückt.«

»Ugh! Das hat weh getan. Und deine Bemerkung auch. Und nächstes Mal will ich Steuerdüsen an meinem Anzug.«

»Hoff' lieber, dass es kein nächstes Mal gibt.«

Tim hievte ihn auf die Füße, und Darian merkte, dass die Motoren der *Prospero* auf voller Leistung heulten. Die Innentür der Luftschleuse war jetzt offen und die Bakers bargen gerade die Geisel aus dem verbeulten Lebenserhaltungstank. Neben ihnen wartete eine mobile Intensivstation.

»Darian!«

Ariels Stimme durchdrang das Inferno um sie herum: »Sanura hält uns immer noch unmittelbar neben dem Piratenschiff, damit sie nicht auf uns schießen können, aber die *Radiant Kiss* bombardiert die Piraten von allen Seiten mit Torpedos. Wir müssen hier weg. Ich brauche dich so schnell wie möglich auf deiner Station.«

»Bin in einer Minute da.«

Darian wankte durch den Frachtraum in eine Ecke und entledigte sich dort gründlich seines Mageninhalts. Wenigstens hatte er nicht in den Helm gekotzt. Kleine Siege und so.

Etwas Kühles presste sich gegen seinen Hals und er hörte das leise Zischen eines Druckinjektors. In Sekundenschnelle beruhigte sich sein Magen, er fand sein Gleichgewicht wieder und der Schmerz verschwand, als wäre er nie dagewesen. Das fühlte sich so gut an, dass es mit Sicherheit nicht gesund war.

Als er sich umdrehte, sah er die weibliche Hälfte der Bakers, die ihm einen abwägenden Blick zuwarf.

»Vielen Dank. Lebt die Geisel noch?«

»Ja, und das wird so bleiben, wenn ihr uns hier rausholt.«

»Jawohl, Madam.«

Darian rannte los und erreichte die Technikstation in Rekordzeit. Er ließ sich in seinen Sitz fallen, schnappte sich den Cyberlink und loggte sich ein. Sofort wurde er vom Schiff mit einem Haufen Nachrichten über kritische Fehler bombardiert.

Sobald Sanura seine Anwesenheit bemerkte, stopfte sie ihm rücksichtslos noch mehr Daten in sein Gehirn. Darian ignorierte kurz alles und versuchte, sich einen Überblick über die Situation zu verschaffen.

Die *Radiant Kiss* beschoss das Piratenschiff mit einem Hagel an Torpedos. Diese zielten hauptsächlich auf die Ausstoß-Öffnungen der Hauptantriebe. Sie hatte bei ihrem Gegner bereits einige gute Treffer erzielt, aber nicht genug, um das Piratenschiff tatsächlich außer Gefecht zu setzen. Die Piraten feuerten aus allen Rohren zurück und die Außenhülle der *Radiant Kiss* zeigte schon unübersehbar Spuren des Beschusses.

Sanura folgte den Bewegungen des Piratenschiffs und hielt die *Prospero* in einer Position unter dessen Rumpf. Solange sie dort blieben, waren sie vor den Torpedos der Piraten sicher, da diese sich mit einem Torpedobeschuss selbst mehr in Gefahr bringen würden als die *Prospero*. Und für die Impulslaserkanonen der Piraten waren sie zu nahe. Kapitän Altero hatte glücklicherweise daran gedacht, die *Prospero* als ›befreundet‹ in das Freund-Feind-Erkennungsprogramm seiner Torpedos aufzunehmen.

Auch wenn sie im Moment relativ sicher waren, konnten sie nicht in ihrer aktuellen Position bleiben.

Trümmer von den beiden kämpfenden Schiffen prasselten auf die *Prospero* ein. Es war nur eine Frage der Zeit, bis ihre Abwehrschilde versagten. Und wenn eines der beiden kämpfenden Schiffe explodierte, waren sie ebenfalls Toast. Sie mussten so schnell wie möglich von hier weg.

Darian nahm ein paar schnelle Anpassungen an den vier Plasmadüsenantrieben der *Prospero* vor, ihrem primären Antrieb im Normalraum. Hoffentlich hielten diese so den Betrieb unter Volllast aus, trotz ihres nicht mehr taufrischen Zustands. Alle Energie von derzeit entbehrlichen Systemen leitete er zu den Schilden und den Trägheitsdämpfern des Schiffes um. Dann signalisierte er Sanura, dass das Schiff so bereit war, wie unter diesen Umständen möglich. Hoffentlich war das ausreichend.

Sanura zögerte keine Sekunde und die *Prospero* löste sich mit maximaler Geschwindigkeit vom Piratenschiff. Sie durchquerten das Wirkungsfeld der Impulslaserkanonen der Piraten in kürzest möglicher Zeit, aber jemand auf dem Piratenschiff war reaktionsschnell und ein guter Schütze. Der Impulslaser traf die *Prospero*, bevor Darian überhaupt mitbekommen hatte, dass die Piraten auf sie feuerten. Der Impulslaser selbst war lautlos in der ewigen Stille des Weltraums, aber die *Prospero* heulte in Reaktion auf den Treffer wie ein verwundetes Tier mit einer Vielzahl von Alarmen auf.

Darians Kopf wurde für eine Sekunde leer, als er automatisch aus dem größten Teil der Netzwerksysteme geworfen wurde. Als er die Kontrolle wiedererlangte, war das Netzwerk in einigen Bereichen abgeschnitten oder tot. Darian ignorierte eine Myriade von Alarmmeldungen und verschaffte sich als Erstes einen Überblick.

Sanura hatte es irgendwie geschafft, dem Laserstrahl teilweise auszuweichen, so dass sie nur einen Streifschuss abbekommen hatten. Wenn sie das überlebten, musste

Darian sie wirklich fragen, was sie in ihrem früheren Leben gemacht hatte. Durch das Ausweichmanöver war der Treffer nicht fatal gewesen, aber der Schaden war beträchtlich.

Die vordere Sensor-Einheit war völlig ausgefallen, was Darian für den Moment als nicht wichtig einstufte. In der Außenhülle klaffte ein langer Spalt entlang der Seite. Glücklicherweise hatte die Notfallautomatik funktioniert und die Sicherheitsschotte in den betroffenen Bereichen rechtzeitig abgeriegelt. Sie hatten eine explosive Dekompression um Haaresbreite vermieden. So weit so gut, relativ gesehen.

Eindeutig nicht gut war, dass das Kühlmittelsystem der Wasserstofftanks der Antriebsdüsen aufgerissen worden war. In einem so kleinen Schiff wie der *Prospero* basierte dieses System auf Wärmeaustausch. Unter der Oberfläche der Schiffshülle verlief eine Vielzahl von Kühlrippen. Einige der Sicherheitsventile hatten sich nicht richtig geschlossen und sie verloren mit alarmierender Geschwindigkeit Kühlmittel. Die Temperatur der Wasserstofftanks näherte sich mit beängstigender Geschwindigkeit der kritischen Temperatur für eine Explosion.

Wie Darian war auch Sanura fast aus dem Netzwerk geworfen worden. Jetzt stabilisierte sich ihr flackerndes Netzwerksymbol wieder, während sie versuchte, die Kontrolle über das angeschlagene Schiff wiederherzustellen. Darian blitzte ihr eine Notfallnachricht zu: »Sanura, ich muss die Plasma-Antriebe abschalten, oder sie explodieren.«

»Wir können nicht in eine Raum-Zeit-Blase springen, solange wir den beiden Kampfhähnen noch so nahe sind. Wir müssen weiter wegkommen. Die Masse der Schiffe würde ansonsten den Sprung stören. Und die Plasma-Antriebe sind alles, was wir haben, um eine sichere Distanz zu erreichen.«

»Wenn die Wasserstofftanks explodieren, sind wir ein großer Feuerball. Davor rettet uns dann auch keine Distanz.

Gib mir ein paar Minuten, um das Kühlmittelsystem zu reparieren.«

»Okay, ich stelle mich so lange wie möglich tot. Zumindest schießt im Moment niemand auf uns. Du nutzt besser die Zeit, die wir haben. Ist der Negative-Materie-Antrieb funktionsfähig?«

»Heil und unversehrt im Ruhezustand.«

Darian führte eine Notabschaltung der vier Plasma-Düsenantriebe durch und konzentrierte sich dann auf das Kühlmittelsystem. Er schloss einige Ventile rund um die durch den Riss zerstörten Leitungen und öffnete Alternativen. Der Kühlmittelverlust verlangsamte sich zu einem Rinnsal. Leider ließ seine Umverteilung Wasserstofftank drei immer noch ohne ausreichende Versorgung mit Kühlmittel zurück.

Darians Gedanken rasten die Pläne der Anlage entlang, aber innerhalb des Netzes gab es keine weiteren Alternativ-Lösungen. Er musste den getroffenen Hauptverteiler von Tank drei manuell reparieren. Irgendwie. Zeit, ein Wunder zu wirken.

Er meldete sich aus dem Netzwerk ab. Sofort wurde seine Nase vom Geruch überhitzter Elektronik gereizt, seine Augen tränten und seine Lunge brannte. Die Hitze in dem kleinen Raum war beträchtlich. Eine Nebenwirkung der Manipulationen am Kühlsystem. Seinen Körper empfindungslos herumliegen zu lassen, barg Risiken. Die Sicherheitsprotokolle seines Implantats hätten Darian aus dem Netzwerk geworfen, bevor er lebendig verbrannt wäre, aber es war vielleicht eine gute Idee, diese Einstellung bei Gelegenheit etwas anzupassen. Etwa von Verbrennen auf lediglich gesotten. Er schloss seinen Helm und atmete die frische Luft aus den Tanks seines Anzugs ein.

»Tim, Kühlmittelhauptverteiler drei. So schnell wie möglich.«

Er schnappte sich sein Werkzeug und kletterte in den entsprechenden Wartungstunnel. Sein durch den Anzug größerer Umfang behinderte sein Vorankommen, aber zum Glück war auf der *Prospero* nichts sehr weit weg. Der Verteiler befand sich in einer engen Lücke zwischen anderen Maschinen. Auf den ersten Blick sah die fehlerhafte Installation gar nicht so schlecht aus. Mit etwas Glück war es nur ein Fall von kurzgeschlossener Elektronik. Tim kletterte aus einem angrenzenden Tunnel. Darian schaffte es, die Abdeckung des Verteilers abzunehmen, ohne Tim oder sich selbst in dem klaustrophobischen engen Raum zu verletzen.

»Tim, fang an, den Energiezufluss auf deiner Seite zu messen.«

Hastig überprüften sie die Eingeweide der Maschine und hatten Glück.

»Da, die Durchfluss-Regulierung ist hinüber«, sagte Tim.

»Gut.«

»Gut?«

»Wir umgehen sie einfach und setzen alle Werte auf Maximum.«

»Das verstößt gegen sämtliche Sicherheitsvorschriften.«

»Wen interessiert das im Moment?«

»Auch wahr. Weißt du wie?«

Darian grinste nur und verkabelte den Verteiler auf eine Art und Weise, die nie in einer Ingenieursausbildung gelehrt oder auch nur vorgeschlagen werden würde.

»Okay, starte den Verteiler. Ich überprüfe das Ergebnis und dann bringe ich die Antriebsdüsen wieder online.«

»Wie ...?«

Darian hatte nicht die Absicht, Zeit zu verschwenden und wieder zurück zu seinem Arbeitsplatz zu kriechen. Also stand Tim eine Überraschung bevor. Darian setzte sich hin und aktivierte sein Implantat. Der *Prospero* hatte, zusätzlich zu den Festnetz-Datenleitungen ein drahtloses Netzwerk, um die PortaComps der Mannschaft zu versorgen. Seine Netzwerkpräsenz über das Funknetz in das Schiffssystem zu quetschen, kam dem Kriechen durch einen der Wartungstunnel gleich. Es war langsam und schmerzhaft.

Der Schiffscomputer reagierte ambivalent auf seine Anwesenheit. Zwar war die Netzwerkidentifikation in seinem Implantat als regulärer Benutzer registriert, aber er hatte einen nicht autorisierten Zugang verwendet. Aber der Computer gestattete ihm immerhin Lesezugang und Nachrichtenversand. Was für den Moment ausreichte, da Darian auch mit mehr Rechten im Moment ohnehin nicht wirklich etwas im Netz hätte tun können. Ihm fehlten die ›Finger‹, um irgendwelche Befehle zu geben. Die lieferten ihm die Programme seines PortaComp. Der lag aber außerhalb seiner Reichweite in der Technikstation.

Darian überprüfte schnell den Zustand des Kühlmittelsystems. Der überbrückte Hauptverteiler hatte seine Tätigkeit wieder aufgenommen und erfüllte seine Aufgabe. Alle Wasserstofftanks wurden ausreichend versorgt.

Darian kontaktierte Sanura: »Wir sind fertig. Starte die Plasmanantriebsdüsen. Sie befinden sich in einer geplanten Notabschaltung. Schick ihnen das Signal für die Funktionswiederaufnahme.«

Sanura blitzte eine Botschaft an ihn: »Darian?«

»Ja, ich. Beeil dich.«

»Roger, erledigt. Übrigens, ich glaube, eines der Schiffe wird gleich explodieren.«

»Welches?«

»Keine Ahnung, ich habe kaum Sensoren, ich bin halb blind. Aber das Energieniveau draußen steigt gerade dramatisch an.«

Darian hatte dem Verlust der vorderen Sensoreinheit keine große Bedeutung zugemessen, aber Sanura machte es offenbar so sehr zu schaffen wie der vollständige Verlust eines Sinnesorganes.

»Wie geht es den Antriebsdüsen?«, fragte Darian.

»Gut. Nein, warte. Die Zwei stottert.«

»Was?«

Darian durchsuchte das Netzwerk um das fehlerhafte Triebwerk herum und fand ein altes Problem.

»Verdammt, das Gasventil klemmt wieder. Ich bringe es in Ordnung.«

»Mach schnell! Das externe Energieniveau fängt an, völlig verrückt zu spielen.«

Darian wand sich wieder aus dem Netzwerk. Sein Kopf dröhnte. Normale Netzwerkarbeiten forderten schon Tribut vom Gehirn, aber sie ›nackt‹ und durch das langsamere Funknetz verbunden zu erledigen, machten die Auswirkungen um einiges schlimmer.

Er ignorierte Tim, zwängte sich zurück in den Wartungstunnel und robbte auf die Treibstoffleitung von Triebwerk zwei zu. Das defekte Ventil regulierte den Wasserstoffzustrom zur Plasmakammer, wo er überhitzt wurde. Es hatte Darian in den letzten Tagen schon einige Male Schwierigkeiten bereitet.

Seine Helmanzeige teilte ihm lakonisch mit, dass die Temperatur um ihn herum die Unversehrtheit seines Anzugs gefährdete. Raumanzüge waren dafür gemacht, der absoluten Kälte des Vakuums zu widerstehen, nicht der höllischen Hitze eines schlecht gekühlten Maschinenraums. Darian ignorierte die Nachricht und schlängelte sich in den Raum vor Plasmakammer Nummer zwei, der ihm zu seinem Leidwesen schon allzu gut bekannt war. Er wusste auch ohne Helmanzeige, dass er auf einem mit hochexplosivem Wasserstoff gefüllten Rohr lag, vor einer Kammer mit extrem heißem Plasma, die zu einem gefährlich überhitzten Triebwerk gehörte.

Er hatte keine Zeit, um irgendeine auch nur ansatzweise ordnungsgemäße Reparatur durchzuführen. Schweiß lief ihm über das Gesicht. Er zog die Knie an und gab dem Ventil einen kräftigen Tritt. Nichts ging über die gute alte Tritt-das-Ding-wenn-sonst-nichts-mehr-hilft Technik. Das Ventil quietschte protestierend und öffnete sich dann. Darian wurde nach hinten geschleudert, als die Triebwerke durchstarteten und die *Prospero* beschleunigte. Die Trägheitsdämpfer hatten einen Tick zu spät reagiert.

Er blieb auf der Kraftstoffleitung liegen und fühlte sich, als würde er gleich vor Erleichterung ohnmächtig werden. Möglicherweise auch wegen der Hitze. Er versuchte, die Temperaturwerte auf seiner Helmanzeige zu finden, aber die zeigte nur mehr unsinnige Buchstaben und Zahlen an.

Tims Stimme drang durch das knisternde Rauschen seiner Helmlautsprecher: »Darian, raus da. Sofort!«

Der Mann gönnte ihm keinen Moment der Ruhe. Darian versuchte, sich den Schweiß aus den Augen zu blinzeln, und wünschte, er könnte sich mit den Händen das Gesicht abwischen. Blöder geschlossener Helm.

Tims Stimme ertönte erneut: »Darian, ich sehe auf den Sensoren, dass du dich immer noch nicht bewegst.«

Offenbar war Tim fest entschlossen ihm auf die Nerven gehen. Was für ein Quälgeist.

»Beweg deinen Arsch da raus. Jetzt sofort!«

Darian fing an zu krabbeln. Er hasste diese engen Tunnel. Den nächsten Job würde er auf einem Schiff mit breiten, geräumigen Korridoren annehmen. Die Metallteile des Anzugs verbrannten seine Haut, sogar durch die Isolationsschichten hindurch. Die Luft, die er atmete, fühlte sich an, als käme sie aus einem aufgeheizten Backrohr. Die Umgebungskontrollen auf seinem Helmvisier zeigten völlig irreale Werte. Dann flackerte das Display und erlosch.

»Darian, beweg dich zu Luke B7. Das ist die näheste.«

»Ja Mama, ich meine ...«, Darian konzentrierte sich. »Tim.«

Seine eigene Stimme klang verschwommen und seltsam. Nach dieser gedanklichen Höchstleistung konzentrierte er sich wieder darauf, seine Gliedmaßen zu bewegen, aber er kam nur quälend langsam voran. Sehnsüchtig dachte er an die Baker-Frau und ihren Druckinjektor der Glückseligkeit.

Endlich erreichte er die Luke. Sie war bereits offen. Hände zogen ihn wie ein nasses Handtuch aus dem Tunnel. Sein Helm wurde geöffnet und Luft, die sich eiskalt anfühlte, obwohl sie es sicher nicht war, traf sein brennendes Gesicht. Das orangefarbene Haar auf Tims Kopf schwamm in sein Blickfeld.

Darian blinzelte und benutzte eine behandschuhte Hand, um sich endlich den Schweiß aus den Augen zu wischen. Was er sofort bereute, da der Handschuh brennend heiß war.

»Hallo Tim. Sag nichts. Ich weiß, ich bin vollkommen verrückt.«

»Über völlig verrückt bist du schon weit hinaus, du bist selbstmordgefährdet. Das elektromagnetische Feld des Antriebs hat das System deines Anzugs gestört und einen Kurzschluss verursacht. Die Temperaturen dort drinnen würden die Hölle wie einen lauen Frühlingsabend erscheinen lassen. Du warst nur Sekunden davon entfernt, ein Stück verbranntes Fleisch zu werden.«

»Ah.«

Darian hatte in all dem Chaos und der Eile schlicht darauf vergessen, dass ungeschützte Geräte schlecht auf die starke elektromagnetische Abschirmung der Antriebe reagierten. Was auch immer. Es hatte so oder so keine Alternative gegeben.

Sein mit heißer Watte gefülltes Gehirn gewann langsam einige seiner Funktionen zurück.

»Wie ist die Lage?«

Genau in diesem Moment brach das ohrenbetäubende Geräusch der Plasma-Triebwerke ab und wurde durch das unheimliche Flüstern des Negative-Materie-Antriebs ersetzt.

Tim hob den Kopf: »Gut, wie es scheint.«

»Ich sollte nachsehen ...«

»Das Einzige, dass du solltest, ist liegen bleiben. Du siehst wie ein durchgebratenes Steak aus. Ich habe Ariel schon informiert.«

»Aber ...« Darian versuchte, seinen unwilligen Körper dazu zu bringen, vom Boden aufzustehen. Der hatte nicht die Absicht, diesem Ansinnen Folge zu leisten. Dunkelheit überflutete Darians Sicht und sein Gehirn schaltete sich ab.

Als er wieder zu Sinnen kam, lag er auf demselben Tisch, auf dem seine medizinische Untersuchung stattgefunden hatte. Jemand hatte ihn aus seinem Anzug geschält. Sein Körper war an einigen Stellen taub und der Rest tat höllisch weh. Ariel stand neben ihm und warf ihm einen strengen Blick aus ihren elektrischblauen Augen zu: »Willkommen zurück.«

Darians Ohren sagten ihm, dass sie immer noch in der Raum-Zeit-Blase waren.

»Wie sieht es aus?«

Seine Stimme klang ungewohnt krächzend.

»Wir haben zuerst nur einen kurzen Raum-Zeit-Sprung in eine sichere Entfernung gemacht, um herauszufinden wer gewonnen hat.«

»Und?«

»Die Radiant Kiss – gerade noch so. Sie ist mindestens so angeschlagen wie wir. Und Captain Altero hat einen Teil seiner Crew verloren.«

Darian war für ein paar Sekunden erleichtert, bis ihm bewusst wurde, was Ariels Worte bedeuteten. Hier ging es nicht um zwei seelenlose Schiffe, die gegeneinander angetreten waren. Der Kampf hatte den Tod von Menschen verursacht, die in den mechanischen Hüllen ihrer Schiffe gefangen waren. Sowohl bei den Angestellten von NirKaga als auch bei den Piraten. Und das nur, weil jemand irgendwo weit weg entschieden hatte, dass das die richtige Vorgehensweise war und es befohlen hatte. Darian erneuerte im Stillen sein Gelübde, niemals Teil eines Konzerns zu werden, der Menschen wie ersetzbare Schachfiguren behandelte.

»Und was jetzt?«

»Wir steuern eine der Raumstationen von NirKaga in der Umgebung von *Outer Junction* an. Wir werden sie in ungefähr zehn Stunden erreichen.«

»Ich schaue mir besser das Schiff an.«

Darian versuchte, sich aufzusetzen, wurde aber von Fesseln am Tisch gehalten.

Er funkelte Ariel irritiert an: »Warum?«

»Du und Sanura habt euch im Netzwerk halb die Gehirne gebraten. Ganz zu schweigen von der Reizüberflutung. Ich kenne euren Typ. Wenn ich euch lassen würde, hättet ihr beide versucht, wieder an die Arbeit zu gehen, sobald ihr aufgewacht wärt. Ich habe Sanura schon in die sensorische Deprivationskammer geschickt. Dich musste ich vorher noch zusammenflicken. Hast du überhaupt bemerkt, dass du dir ein paar Rippen gebrochen hast?«

»Nein. Die Baker-Frau hat mir das richtig gute Zeug gespritzt. Könnte ich das nicht einfach nochmal bekommen?«

»Sicher nicht! Abgesehen von den Rippen hast du schwere Hyperthermie, Verbrennungen zweiten Grades und mehr Hämatome und Blutergüsse als ich zu zählen bereit bin. Du gehst nirgendwo hin. Für dich gilt dasselbe wie für Sanura: Ruhepause in der sensorischen Deprivationskammer. Tim und Aliana sind absolut in der Lage, eure Arbeit für eine Weile zu erledigen.«

»Aber...«

Ariel war offenbar nicht geneigt, mit ihm dieselbe Diskussion zu führen, die sie vermutlich schon mit Sanura hatte führen müssen. Sie griff nach einem Injektor und setzte ihn an Darians Hals.

»Gute Nacht.«

Diesmal wachte Darian auf einer sich seinem Körper anpassenden Pritsche in fast vollkommener Dunkelheit und für ihn unangenehmer Stille auf. Sensorische Deprivation war dazu gedacht, das überanstrengte Gehirn eines Netzwerkers beruhigen. Während er eingeloggt war, wurden Neuronen in hektischer Folge abgefeuert und die Neurotransmitter wurden aufgebraucht. Das Fehlen jeglicher Stimulation von außen gab den Synapsen Zeit, sich zu erholen. Die Dunkelheit störte Darian nicht. Aber die durch die dick isolierten Wände der Kammer erzielte Stille machte ihn nervös. Er war es gewohnt, das Wohlergehen eines Schiffes anhand der Vielzahl der technischen Geräusche, die es machte, zu beurteilen. Etwas raschelte im Dunkeln und er fuhr hoch.

»Darian, bist du wach?«

Sanuras Stimme. Zwei Menschen zusammen in eine Deprivationskammer zu stecken, widersprach eigentlich dem Zweck der Sache. Aber die *Prospero* war nicht groß genug, um mehr als eine Kammer zu haben.

»Ja.«

»Warte, ich mache Licht.«

Sanura fingerte im Dunkeln herum, dann ging das Licht stufenweise an, damit es nicht in den Augen wehtat. Sanura saß auf einer Pritsche ihm gegenüber in eine leichte Thermodecke eingewickelt.

Darian setzte sich auf und rieb sich die Augen. »Wie lange sind wir schon hier drin?«

»Mein interner Prozessor sagt, ungefähr acht Stunden.«

»Nett. Einen internen Prozessor zu haben, meine ich. Sanura, wo wir schon Gelegenheit haben ungestört zu reden: Womit zum Teufel hast du früher dein Geld verdient? Wir sollten alle tot sein. Der Laser hätte uns voll erwischen müssen.«

»Zu unser aller Glück war ich Jägerpilotin.«

Das erklärte einiges. Jägerpiloten gehörten zur militärischen Elite. Ihre winzigen Schiffe hatten eine einzelne, nach unten gerichtete Impulslaserkanone. Ihre Aufgabe war es, an der Verteidigung eines Gegners vorbeizuschlüpfen und die Hülle des Feindes aufzureißen. Ihre Piloten waren massiv implantiert, sonst wäre die Aufgabe reiner Selbstmord gewesen. Aber auch mit den Implantaten erforderte es eine Menge Mut und Können, einen Jäger zu pilotieren. Zumindest, wenn man es mehr als einmal tun wollte.

»Du hast Reflexverstärker. Das ist der Grund, warum du dem Laserstrahl ausweichen konntest.«

»Tja, leider nicht ganz. Und jetzt ist die *Prospero* nur mehr eine lahme, angeschossene Ente.«

»Warum hast du das Militär verlassen?«

»Habe ich nicht. Ich hatte immer wieder Probleme mit meinen Implantaten. Mein Körper hat sie abgelehnt. Die Behandlungen der Abstoßreaktionen wurden dem Militär zu teuer, also haben sie mich fallen lassen.«

Sanura öffnete ihre Decke und zeigte ihren nackten Körper.

»Schöne Narben, was?«

Darian räusperte sich und sagte, ohne nachzudenken: »Nicht ganz das Erste, das mir auffällt.«

»Willst du etwa in Eds Fußstapfen treten?«

Darian lief rot an und wünschte, das Licht wäre noch aus.

»Oh nein. Nein! Ich bin kein heimlicher Spanner. Ich habe ganz offen gestarrt. Tut mir furchtbar leid, du hast mich überrascht. Und die sensorische Deprivation ... ich bin noch nicht ganz munter. Verzeih mir.«

Sanura lächelte amüsiert und sagte: »Ist in Ordnung, ich hatte das auch nicht ganz zu Ende gedacht.«

Sanuras Oberkörper, Arme und Beine war mit einem Netz aus gefurchten Narben bedeckt, wo entzündetes geschwollenes Gewebe schlecht verheilt war. Mit den derzeitigen medizinischen Möglichkeiten sah man Narben nicht oft, also musste die immunologische Reaktion erheblich gewesen sein.

Sie bedeckte sich wieder und fuhr fort: »Für ein ruhiges Leben war ich nach dem Militär noch nicht bereit, also habe ich nach alternativen Lösungen gesucht.«

»Du hast dich als Bezahlung für die Weiterbehandlung der Abstoßreaktionen an AesklepMed verkauft?«

»Offiziell nennt man das sich unter Vertrag nehmen lassen, Darian. Aber ja. Sie haben gute Arbeit geleistet und ich kann weiter Raumschiffe fliegen. Apropos Implantate, du und dein aktives Netzwerkimplantat waren auch eine kleine Überraschung.«

»Ja, es ist bisweilen ganz nützlich.«

Normale Netzwerkimplantate wurden nur bei Kontakt mit einem geeigneten Cyberlink aktiviert. Aktive Implantate, die auch drahtlose Verbindungen nutzen konnten, wurden nur unter besonderen Umständen eingesetzt, von denen die meisten illegal waren. Darian hatte seines vor langer Zeit modifiziert. Was Geld nicht alles kaufen konnte, wenn man bereit war, es in großen Mengen auszugeben.

Sanura sah ihn neugierig an.

»Ist es mit einer invasiven Subroutine ausgestattet?«

»Ich halte es für ausreichend, wenn nur ich die Antwort darauf kenne.«

»Also ja. Und das bedeutet, dass dein Implantat höchst illegal ist. Und ich vermute, wenn ich weiter frage, wirst du mir bei deiner Ehre versichern, dass du es niemals für kriminelle Zwecke verwendest.«

»Das würde ich. Komm, lass uns von hier verschwinden und sehen, wo wir sind.«

»Einverstanden. Aber wohl besser in angezogenem Zustand, oder?«

Darian nützte die letzten zwei Stunden des Fluges in der Raum-Zeit-Blase, um zumindest ein paar Reparaturen an der schwer beschädigten *Prospero* durchzuführen. Das letzte Stück des Weges zur NirKaga-Station verlief schleppend langsam, aber ohne weitere Pannen. Sobald sie angedockt hatten, wurde Darian zu einem Zuschauer degradiert.

Ariel wurde abgeholt, um ihren Vorgesetzten Bericht zu erstatten. Die ehemalige Geisel wurde rasch von Bord und in die Notaufnahme der AesklepMed-Enklave auf der Station gebracht. Darian hatte noch nicht einmal den Namen des Mannes erfahren, den er vor dem Tod im All gerettet hatte. Er wünschte ihm trotzdem alles Gute.

Die *Radiant Kiss* fiel kurz nach dem *Prospero* aus ihrer Raum-Zeit-Blase. Das Schiff war zu groß, um anzudocken, und so folgte ein geschäftiger Shuttle-Service.

Da sie sonst nichts zu tun hatten, setzten sich Sanura, Tim und Darian in der Messe der *Prospero* zusammen. Der Kaffee schmeckte immer noch grausig.

Tim warf Darian einen fragenden Blick zu: »Wie hast du das Gasventil so schnell repariert?«

»Frag mich nicht. Die Antwort würde meinem Ruf schaden. Übrigens, hast du mitbekommen, was mit dem Lösegeldcontainer passiert ist?«

»Ich habe den Überblick verloren, als alles zu explodieren begonnen hat. Geschmolzen, gesprengt, auf ewig im Weltraum driftend, such es dir aus. Mit Sicherheit verloren.

Dir ist klar, dass du da ein veritables Vermögen aus der Luftschleuse ins All gestoßen hast?«

Darian zuckte mit den Schultern: »Es hat die Piraten abgelenkt.«

Ihre Unterhaltung wurde von Ariels Rückkehr unterbrochen.

»Da bist du ja. Darian, wie es aussieht, müssen wir eine ganze Weile hierbleiben. Daher ist dein Vertrag hiermit beendet und du bist frei zu gehen. Dein Lohn wird dir überwiesen. NirKaga hat außerdem zugestimmt, uns allen einen beträchtlichen Bonus zu zahlen. Als Entschädigung für die Probleme während der Mission.«

Tim schnaubte: »Für unsere Probleme? Wohl eher, damit wir den Mund halten.«

»Wie auch immer. Darian, du bekommst davon denselben Anteil wie der Rest. Außerdem möchte AesklepMed, dass ich dir einen langfristigen Vertrag anbiete, aber ich glaube, ich kenne deine Antwort darauf bereits.«

»Danke, aber nein danke.«

»Genau das dachte ich. Ich habe schon eine Überfahrt nach *Outer Junction* für dich arrangiert. Dort findest du leicht einen neuen Job.«

Ariel grinste plötzlich: »Hier riecht es zwar besser als am Nachttopf, aber ich denke, du würdest trotzdem nicht hier festsitzen wollen.«

»Da hast du vollkommen Recht. Und vielen Dank.«

»Das war das Mindeste, was ich tun konnte. Ich muss zurück, meine Bosse warten. Ich wollte mich nur verabschieden. Du wirst weder von AesklepMed noch von NirKaga ein offizielles Dankeschön hören. Schließlich sind wir nur Angestellte, die nichts anderes getan haben als ihre Arbeit. Aber der einzige Grund, warum diese Mission nicht in einer Katastrophe geendet hat, war die höchst glückliche Kombination von deinen und Sanuras Fähigkeiten.«

Ariel schüttelte Darian mit festem Griff die Hand und verließ dann die Messe, um sich weiter mit ihren Vorgesetzten herumzuplagen.

Darian stieß Tim den Ellbogen in die Seite: »Du warst auch großartig.«

»Ja, hauptsächlich darin, herauszufinden, ob etwas von dir übrig geblieben war.«

»Ohne deine schnelle Reaktion würde die Geisel tot durch den Weltraum driften und ohne deine Beharrlichkeit wäre ich jetzt Toast, schon vergessen?«

Sanura grinste und hob ihre Kaffeetasse: »Gutes Stichwort: einen Toast auf uns – die von den Anzugträgern unbesungen Helden.«

Darian lachte und hob seine Tasse: »Aber sind wir nicht glücklich, dass das so ist?«

Tim hob ebenfalls seine Tasse: »Sind wir. Ich wünschte nur, wir hätten etwas zum Anstoßen, das nicht nach Abwaschwasser schmeckt.«

Nachdem er seine wenigen Habseligkeiten gepackt hatte, verabschiedete sich Darian von der Mannschaft und der *Prospero* und begab sich auf die Reise nach *Outer Junction*, auf der Suche nach einem neuen Arbeitsplatz. Was auch immer der nächste Job sein würde, wohin auch immer das nächste Schiff fliegen würde, spielte keine Rolle für ihn. Solange nur keine klaustrophobisch engen Wartungstunnel darin vorkamen.

Wanzen

In den antiken Science-Fiction Filmen aus dem ersten Raumfahrtzeitalter waren Raumschiffe meist blitzblank und makellos sauber. Zumindest die der Helden, die Raumschiffe der Bösewichte waren bisweilen schon auf der grindigen Seite. Wenn man damit beschäftigt war, die Galaxie zu übernehmen, hatte man offenbar keine Zeit zum Staubwischen. Und wenn eine übermotivierte Heldin ihr Raumschiff ordentlich zerbeult hatte, weil sie zum Beispiel durch ein Asteroidenfeld fliehen musste, um den Präsidenten irgendeiner Föderation zu retten, bekam sie danach von der dankbaren Regierung einfach ein neues, noch hübscheres.

Die Realität des zweiten und dritten Raumfahrtzeitalters sah dann ganz anders aus. Raumschiffe waren teuer und ihr Bau benötigte Unmengen an teuren Ressourcen, die oft schwer zu beschaffen waren. Was dazu führte, dass Raumschiffe nicht verschrottet wurden, sondern umgebaut und angepasst, solange das irgendwie möglich war.

Frachtraumschiffe der Maultierklasse gab es schon seit Beginn des zweiten Raumfahrtzeitalters und sie wurden immer noch gebaut. Ihr grundlegendes Design hatte sich in über zweihundert Jahren nicht geändert: ein riesiges Gittergerüst aus Röhren, in dem die Frachtcontainer magnetisch verriegelt angedockt wurden und eine Antriebseinheit, die Maschinenraum, Brücke und Mannschaftsquartiere enthielt. Dieser einfache Aufbau machte es leicht, aus zwei beschädigten Maultieren ein neues zu bauen, selbst wenn sie aus unterschiedlichen Perioden stammten.

Die *Albion* war ein typisches Maultier – groß, alt und hässlich – mit einem untypischen Problem. Irgendwo auf ihren Reisen hatte sie sich einen Befall mit Weltraumwanzen eingefangen. Deren wissenschaftlicher Name lautete Scarabeus Terrebrum Stellaris. Ursprünglich waren die Wanzen Teil des Ökosystems eines Planeten mit dem verräterischen Spitznamen Höllenloch gewesen. Zur Faszination der Xenobiologen hatten sich die Wanzen rasend schnell an das Leben in der künstlichen Umgebung von Raumschiffen angepasst. Für die Xenobiologen waren sie ein Wunder der Evolution. Für den Rest der Menschheit eine verdammte Plage.

Für Darian bedeutete die Arbeit auf der *Albion* endlos lange, kalte Tunnel und ebenso endlose Kabelstränge, die geflickt werden mussten. Darian war zusätzlich zur normalen Besatzung angeheuert worden, um das gigantische Rohrsystem des Frachtbereiches des Schiffes zu warten.

Normalerweise waren die sechs Hauptrohre des Frachtgitters mit den Nummern MT-1 bis MT-6 und das komplexe Geäst aus kleineren Querverbindungen zwischen ihnen nahezu wartungsfrei. Magnetschlösser, Sensoreinheiten und Stromgeneratoren mussten nur gelegentlich vom Bordingenieur überprüft werden. Durch den Befall mit den Weltraumwanzen hatte sich das gründlich geändert. Denn die Lieblingsspeise der Wanzen auf Raumschiffen waren Kabelisolierungen. Mit Hilfe ihrer kräftigen Säure konnten sie auch Hightech-Konglomerate zersetzen und bislang hatte niemand eine Möglichkeit gefunden, sie von ihrem Lieblingsgericht fernzuhalten.

Darian verbrachte seit einer Woche jeden Tag damit, Kabelbrüche zu reparieren, und es war kein Ende in Sicht. Gerade hatte er einen langen Kabelstrang in MT-3 ersetzt und schulterte jetzt seinen Werkzeugkasten und die Rolle Ersatzkabel. Die Hauptröhren waren mit Schwerkraftgittern ausgestattet. Für Reparaturen konnten sie pro Segment eingeschaltet werden, im Rest des Frachtgitters musste sich Darian mit den Magnetpads in seinen Stiefeln begnügen.

Er stapfte zu den Kontrollen für das Schwerkraftgitter des Segments und deaktivierte es. Als die Schwerelosigkeit einsetzte, seufzte er erleichtert auf. Er hatte noch einen weiteren Kabelbruch zu flicken, dann war er fertig für den Tag. Ohne körperliche Anstrengung begann er schnell zu frieren. Die Tunnel wurden auf eine Temperatur von acht bis zehn Grad gehalten. In den ersten zwei Stunden war die Kälte nicht allzu schlimm, aber dann wurde sie unangenehm und kroch einem in die Knochen. Darian war in einen Thermooverall, eine Mütze und Handschuhe gehüllt. Außerdem trug er eine Atemmaske, da die Tunnel zwar unter Druck gehalten wurden, aber nicht mit dem aktiven Luftrecyclingsystem verbunden waren. Seit Jahren hatte niemand mehr die Luft in Teilen von ihnen geatmet, und Darian hatte nicht vor, es freiwillig als Erster wieder zu versuchen. Nicht zum ersten Mal wünschte er sich einen Raumanzug, selbst nur in der einfachsten Grundversion. Aber man hatte ihm keinen ausgehändigt und er hatte den Verdacht, dass es an Bord nur so viele Anzüge gab, wie die Standardbesatzung zählte. Haul'R'Us, das Unternehmen, dem die *Albion* gehörte, war bekannt dafür, sehr kosteneffizient zu arbeiten. Was aus der Unternehmersprache übersetzt bedeutete, dass sie keinen einzigen Credit mehr ausgaben, als das Gesetz oder die absolute Notwendigkeit erforderten.

Nachdem sich Darian in der Jobbörse von *Outer Junction* eingetragen hatte, hatte es nicht lange gedauert, bis er von einem Vertreter von Haul'R'Us kontaktiert worden war. Ein Frachtunternehmen, das Fracht von und nach Perseus-Transit transportierte. Darian hatte den Vertrag ohne Zögern angenommen, entschlossen, so schnell wie möglich aus dieser abgelegenen Ecke des Weltraums herauszukommen. Das war ein Fehler gewesen, wie sich im Nachhinein herausstellte. Zugegeben, er hatte vorher gewusst, dass er für den Job überqualifiziert war. Er war auch über den Befall mit den Weltraumwanzen informiert worden. Dem Haul'R'Us-Vertreter nach waren zwei Kammerjäger an Bord damit beschäftigt, mit dem Befall fertig zu werden. Darian hatte sie noch nicht getroffen, aber sie schienen ihre Arbeit zu tun. Er war bislang nur wenigen Wanzen begegnet, keine größer als seine Handfläche. Leider waren offenbar auch wenige Wanzen in der Lage, eine Menge Kabelbrüche zu verursachen. Wobei sich Darian nicht so sicher war, ob wirklich alle auf das Konto der Wanzen gingen. Die *Albion* befand sich allgemein in einem heruntergekommenen Zustand. Schuld daran waren die sechzehn Mitglieder der Standardbesatzung. Lauter Männer, die dem Bodensatz der Raumfahrer angehörten. Der Haul'R'Us Grundsatz, keinen Credit mehr als unbedingt nötig auszugeben, führte zu Mannschaften, die keinen Handgriff mehr als unbedingt nötig machten. Zu ihrer aller Glück war die Albion, wie die meisten Frachter der Maultierklasse, ein höchst robustes und zuverlässiges Schiff. Trotz der eklatanten Vernachlässigung durch die Mannschaft lief sie, bis auf die Kabelbrüche, immer noch größtenteils störungsfrei.

Darian stieß sich in Richtung des letzten Kabelbruchs für den Tag ab und schwebte die Röhre entlang. Noch zwei Wochen, bis die *Albion* Perseus-Transit erreichen würde. Dann war er mit diesem deprimierenden Job fertig. Unter Zuhilfenahme der an den Wänden angebrachten Griffe schwang sich Darian in den Quertunnel, der zu MT-2 führte. Seine sperrige Ausrüstung machte ihn weniger beweglich als normal, aber er genoss die immer noch recht mühelose schnelle Vorwärtsbewegung in der Schwerelosigkeit. Während er durch die Tunnel glitt, nutzte er jeden Griff, um zu beschleunigen. Als er die nach unten führende Röhre in Richtung MT-2 erreichte, sah er drei Wanzen, die zügig an der Wand entlang krabbelten. Ihre feinen Fußwurzelkrallen fanden in den Mikrorissen des Metalls guten Halt. Sie waren größer als die, die er zuvor gesehen hatte, fast so lang wie sein Unterarm. In Darians Magen machte sich ein Gefühl der Beunruhigung breit. Die Augen noch auf die Wanzen gerichtet, tauchte er aus dem Tunnel und bemerkte zu spät, dass das Gravitationsgitter in dem Abschnitt unter ihm aktiviert war. Die Schwerkraft übernahm die Herrschaft über seinen überraschten Körper und er stürzte nach unten. Im Fallen versuchte er sich zu drehen, um auf den Füßen zu landen, aber die Distanz war zu kurz. Ungraziös plumpste Darian mit dem Bauch voran in einen Haufen trockener, raschelnder Dinge. Sein Werkzeugkasten bohrte sich schmerzhaft in seine Rippen. Der Primatenteil seines Gehirns schrie empathisch ›Igitt!‹ als er erkannte, worauf er da gelandet war. Er lag in einem Haufen bewegungsloser – und hoffentlich toter – Wanzen.

»Nicht den Boden berühren, Mensch!«

Die melodische Stimme schwebte aus der Dunkelheit. Darian drehte sich instinktiv dem Geräusch zu. Die Skelette unter ihm bewegten sich, seine Hände sanken ein und berührten das, was darunter lag. Ein elektrischer Schlag raste durch seinen Körper und ihm wurde schwarz vor Augen.

Als Darian mit noch geschlossenen Augen wieder zu sich kam, war er steifgefroren und seine Muskeln fühlten sich wie ein einziger riesiger Krampf an. Er war nicht mehr in den Tunneln, der Geruch war hier anders. Er lag flach auf dem Rücken auf einer weichen Unterlage. Nahe seinem Kopf ertönte ein leise klingelndes, elektronisches Geräusch. Sein noch benebelter Verstand beurteilte es instinktiv als positiv. Eine knurrende, schroffe Stimme ertönte in der Nähe seines Ohrs: »Ich glaube, der Mensch wacht auf.«

Die melodische Stimme aus dem Tunnel von vorhin antwortete in einer Sprache, die Darian nicht verstand. Die harmonischen Worte klangen angenehm, aber ein subtiler Unterton verriet Darian, dass sie nicht höflich waren. Er hörte das leise Zischen einer hydraulischen Tür, die sich öffnete und wieder schloss. Etwas Hartes stieß ihn in die Rippen.

»Komm schon, Mensch. Die Maschine sagt, du bist in Ordnung.«

Er musste wohl seine Augen öffnen, um herauszufinden, was los war. Nach ein paar Fehlstarts gelang es ihm, seine Lider zu heben. Sein Sichtfeld wurde von einer langen, glatten Schnauze ausgefüllt, die mit schwarzem Fell bedeckt war. Das zur Schnauze gehörende Wesen wich ein wenig zurück, als es ihn die Augen öffnen sah. Darian konnte so das ganze Ausmaß seines Betreuers sehen. Groß, sehr groß. Die langen spitzen Ohren streiften die Decke.

Darian krächzte überrascht: »Ein Anubis?«

Nicht das Intelligenteste, was er unter den Umständen von sich geben konnte. Aber immerhin origineller als das in derlei Situationen überaus beliebte ›Wo bin ich?‹. Wobei ihn diese Frage durchaus auch beschäftigte.

Der Außerirdische ließ sich nicht dazu herab, auf das Offensichtliche zu antworten. Stattdessen öffnete er seine Schnauze und enthüllte die scharfen Zähne darin. Eine lange schwarze Zunge kräuselte sich nach oben.

Ein wenig panisch zwang Darian seinen vernebelten Verstand, sich an sein Wissen über außerirdische Spezies zu erinnern. Die Anwesenheit eines Anubis auf dem Schiff war zumindest keine allzu große Überraschung. Ihr Territorium im Perseus-Arm lag dem der Menschen am nächsten und begann nicht weit hinter dem Perseus-Transit. Der Name Anubis war eine menschliche Erfindung. Die Form der Köpfe der Außerirdischen erinnerte Darians Spezies unvermeidlich an Kaniden. Die Bezeichnung Anubis war von einer Gruppe menschlicher Wissenschaftler geprägt worden, die zu beweisen versucht hatten, dass Außerirdische die Erde lange vor dem Weltraumzeitalter besucht hatten. Als die Anubis hörten, dass sie mit einem antiken Gott verglichen wurden, der den Übergang ins Jenseits bewachte, hatten sie sich heulend vor Lachen geschüttelt. In der Frühzeit der menschlichen Zivilisation waren die Anubis hauptsächlich noch damit beschäftigt, sich auf ihrer Heimatwelt in erbitterten Clankriegen gegenseitig umzubringen. Dennoch hatten sie Anubis als offizielle Bezeichnung akzeptiert. Schon deshalb, weil Menschen die Bezeichnung, die sie selbst für sich verwendeten, nicht aussprechen konnten. Sie bestand aus einem leisen Knurren und einem scharfen Jaulen. Aber abhängig von der Tonlage konnte das noch fünf andere Dinge bedeuten, und zwei davon waren Beleidigungen. Es war für alle Beteiligten besser, dass die Menschen Anubis als Bezeichnung verwendeten, um diplomatische Zwischenfälle wie ausgerissene Gliedmaßen auf Seiten der Menschen zu vermeiden.

Theoretisches Wissen war eine Sache, aber jetzt stand, oder genauer lag, Darian tatsächlich einem Mitglied der Anubis gegenüber. Der große Hominide ragte vor ihm auf, klappte die Schnauze zu und legte den Kopf schief.

»Kannst du aufstehen, Mensch?«, sagte der Anubis in gut verständlichem Human-Standard.

»Ich denke schon.«

Darian sah sich seine Umgebung an und erkannte, wo er gelandet war. Er lag auf dem Tisch der automatisierten medizinischen Einheit der *Albion*, des AutoDocs, wie er unter Raumfahrern bezeichnet wurde. Dieser war in einen winzigen Raum zwischen dem Technik- und dem Frachtteil des Schiffes gepfercht worden und war die einzige medizinische Versorgung auf dem Schiff. Natürlich hatte sich Haul'R'Us die Kosten für einen menschlichen Arzt oder Sanitäter gespart. Aktuell verkündete der AutoDoc in beruhigenden grünen Buchstaben, dass der Patient in die stationäre Versorgung entlassen werden konnte. Dem Patienten wurde Ruhe empfohlen. Wie schön, dachte Darian.

Er begann seinen steifen Körper aus der mechanischen Umarmung des AutoDocs zu befreien. Nach einem kurzen Kampf war er erfolgreich und plumpste ungraziös von der Liege, da seine Beine noch nicht bereit waren, ihn aufrecht zu halten. Bevor er auf dem Boden aufschlug, fingen ihn starke, schwarzbepelzte Arme auf. Die oberen Extremitäten der Anubis waren dreigliedrig und so wickelten sich die Gliedmaßen auf unerwartete Weise um Darian. Der Anubis hob ihn mit derselben Leichtigkeit hoch, mit der Darian ein Kind hochgehoben hätte, und nahm ihn wie ein Baby in seine Arme. Höchstwahrscheinlich war Darian auf dem gleichen Weg hierhergekommen, was ihm die vorhergehenden Ereignisse wieder ins Gedächtnis rief.

»Was ist passiert?«

»Du hast das unter Strom stehende Kissen berührt, das wir für das Töten der Weltraumwanzen verwenden. Es tut mir leid. Wir haben dich dort nicht erwartet.«

»Du bist einer der Kammerjäger?«

»Ja. Die Menschen nennen mich Ayk. Du scheinst immer noch ein bisschen dysfunktional. Wenn du willst, kann ich dich an den Rand des Mannschaftsquartiers bringen.«

»Mein Name ist Darian. Ich wohne nicht mit dem Rest der Crew zusammen, aber mein Quartier ist nicht weit von hier. Und warm. Wenn du mich dorthin bringen könntest, wäre ich dir dankbar.«

Der Anubis gab ein scharfes Schnauben von sich, das ... zustimmend klang? Darian hatte keine Erfahrungen mit den nonverbalen Äußerungen eines Anubis. Es konnte auch etwas ganz Anderes bedeuten.

Mit einem seiner Ellbogen öffnete der Anubis die Tür und manövrierte sich in einer für Darian ungewohnt wippenden Bewegung hindurch. Eines der Knie des Anubis war nach hinten gebeugt, das andere nach vorne. Wenn sie nicht gerade von einem engen, auf Menschengröße ausgelegten Tunnel behindert wurden, waren Anubis für ihre Sprung- und Lauffähigkeiten bekannt. Im Moment machte sich Darian allerdings Sorgen, seekrank zu werden, wenn er länger so getragen wurde.

Sobald sie den AutoDoc verlassen hatten, sagte Ayk zu jemandem außerhalb Darians Sichtfeld: »Komm schon, Tani.«

Die wohlklingende Stimme von vorhin antwortete wieder in der unbekannten Sprache. Definitiv kein Anubis.

Ayk knurrte leise zurück: »Sprich Human-Standard. Es ist unhöflich, es nicht zu tun.«

»Als ob mich das kümmerte. Warum soll ich mitkommen?«

Endlich gelang es Darian, einen Blick um Ayks Masse herum auf den Sprecher zu werfen. Humanoid, genauso groß wie Darian, bewegte sich aber mit einer Anmut, die ein Mensch selbst mit Modifikationen niemals erreichen würde. Der Außerirdische war in mehrere Schichten Kleidung, eine Atemmaske und diverse Schals gehüllt. Das Einzige, das Darian sehen konnte, waren die silbernen Augen. Sie sahen menschlich aus, aber die Form der Augen und der Iris lagen gerade außerhalb der menschlichen Bandbreite, also identifizierte Darians Gehirn sie instinktiv als nichtmenschlich.

Ein Dr'ynn? Keine andere Rasse hatte einen so schlechten Start mit der Menschheit gehabt wie die Dr'ynn. Die silbernen Augen begegneten Darians mit unbeirrtem Starren, feindselig und ein wenig herausfordernd.

Darian, der sich albern und hilflos in den Armen des Anubis fühlte, entschied, dass von seiner Seite Schweigen unter den gegebenen Umständen das Klügste war. Zu seiner Überraschung kam ihm Ayk zu Hilfe: »Sei nicht mürrisch,

Tani. Der Mensch hat gesagt, dass es in seinem Quartier warm ist.«

Ayk sah auf Darian hinab: »Kümmere dich nicht darum, mein Freund, bei Kälte wird seine Rasse unleidlich. Sag mir, wohin ich gehen soll.«

Der Dr'ynn machte ein missmutiges Geräusch, folgte ihnen aber und schlich hinter dem Anubis her in den Raum, den Darian sein Zuhause nannte.

Bei seiner Ankunft auf dem Schiff hatte Darian herausgefunden, dass er das Quartier mit dem sehr beleibten Schiffsingenieur teilen sollte, der ihn dort aber nicht haben wollte. Da der Mann außerdem nicht allzu viel von Körperhygiene hielt, hatte Darian nach einer anderen Unterkunft gesucht und diese in einem kleinen Abstellraum zwischen den beiden Schiffsteilen gefunden. Er hatte die Kammer zuerst wegen ihrer Nähe zum Vorratsraum gewählt. Als er entdeckte, dass er sie auch heizen konnten, indem er ein Abwärmerohr anzapfte und die heiße Luft durch einen Lüftungsschacht hierher umleitete, war seine Entscheidung festgestanden.

Ayk legte Darian auf die Dämmmatte, die dieser als Bett benutzte, und Darian entspannte seinen zerschlagenen Körper mit einem Seufzen. Der Anubis hockte sich hin und betrachtete die kahlen Wände und Darians wenige Habseligkeiten, die in einer Ecke lagen.

»Guter Platz. Kein Gestank.«

Der Kommentar ließ Darian schmunzeln. Anubis verließen sich bei ihrer Wahrnehmung hauptsächlich auf Nase und Ohren. Aus diesem Grund war das legendäre erste Treffen zwischen Ayks Rasse und der Menschheit nicht ganz reibungslos verlaufen. Die Anführerin der Anubis hatte die Duftwolke des in voller Montur aufgeputzten Leiters des menschlichen Diplomatiekorps gerochen und verkündet: »Du stinkst.«

Der Grendin, der das Treffen vermittelt hatte, hatte nur mit einiger Mühe die resultierende Empörung wieder zerstreuen können. Von da an hatten die Anubis begonnen, Geruchsfilter in der Nähe von Menschen zu tragen. Diese hatten im Gegenzug akzeptiert, dass ein Anubis immer genau das sagen würde, was er dachte. Sie verstanden schlicht keinerlei Zweideutigkeit. Nachdem diese erste Hürde genommen worden war, waren die Beziehungen relativ positiv verlaufen. Der erfolgreichste Exportschlager der Menschen in das Anubis-Territorium waren Liebesfilme. Anubis fanden das komplizierte Werbe- und Balzverhalten der Menschen urkomisch.

Der Kommentar des Anubis machte Darian bewusst, dass etwas an Ayk merkwürdig war. Er trug keine Filter in der Nase und hatte sich trotzdem nicht beschwert, obwohl er Darian dicht am Körper getragen hatte.

»Stört dich mein Geruch nicht?«

Ayk knurrte tief in seiner Brust, »Nein, ich bin nur ein bisschen – wie sagt man das – hartriechig? Und außerdem stinkst du nicht. Im Gegensatz zum Rest deiner Rasse.«

»Das liegt daran, dass er nicht völlig menschlich ist«, leistete Tani plötzlich einen unerwarteten Beitrag zum Gespräch. Der Dr'ynn hatte sich direkt vor das Ventilationsgitter gekauert, durch das die heiße Luft in den Raum strömte. Während Darian die Wärme genoss, die es hereinbrachte, hätte es ihn halb schmelzen lassen, hätte er sich so knapp davor gesetzt.

»Was? Nein ... ich meine, ja, ich bin genoptimiert, aber ... Woher weißt du das? Bist du Bioingenieur?«

»Sind alle Menschen Techniker? Nein, die Beweise stehen dir offen ins Gesicht geschrieben. Ich bin Historiker.«

»Und derzeit Kammerjäger«, fügte Ayk hinzu.

»Ja, und dann ist da noch diese unglückliche Entwicklung«, brummte Tani.

Darian betrachtete Tani verwirrt, unsicher, ob er von dessen Unhöflichkeit beleidigt sein sollte oder eher fasziniert, tatsächlich einen Dr'ynn zu treffen. Bis heute war diese Spezies für die Menschheit ein Mysterium. Die Dr'ynn hatten den Flug in den Raum-Zeit-Blasen, im Gegensatz zu den anderen Rassen, nicht selbst entdeckt. Stattdessen hatten sie sich irgendwie eingeschlichen und waren huckepack auf den Technologien der anderen Spezies geritten. Als die Dr'ynn in den menschlichen Sektor gesickert waren, waren sie auf ein unerwartetes Problem gestoßen. Durch einen seltsamen Zufall der Evolution sahen sie den Menschen ähnlich genug, um nicht sofort fremdartig zu wirken, und waren doch fremdartig genug um eindeutig nicht menschlich zu sein. Das Problem war, dass diese Kombination aus Vertrautem und Fremdartigen für die Menschen faszinierend und sehr anziehend war. Sobald die Menschen dann herausgefunden hatten, dass Sex mit den Dr'ynn möglich war, folgte das Unvermeidliche und die ersten Dr'ynn verschwanden entgegen ihrem Willen in den menschlichen Rotlicht-Etablissements. Die Dr'ynn hatten mit der Menschheit nie offiziell Kontakt aufgenommen und so geschahen die Entführungen größtenteils unbemerkt.

Wie sich herausstellte, lebten die Dr'ynn in engen Familienverbänden und ließen niemanden zurück. Das Blutbad, das folgte, als die Dr'ynn ihre Lieben wieder befreiten, bemerkte dann auch der offizielle Teil der Menschheit. Die Menschheit fand dabei auch gleich heraus, dass die Dr'ynn hervorragende Kämpfer waren. Wobei diese Erkenntnis für die verantwortlichen Unterweltler oft auch gleich die Letzte ihres Lebens war.

Als die Dr'ynn danach befragt wurden, erklärten sie ihre Kampfkraft mit ihrer Herkunft. Sie stammten von einem Planeten, dessen Flora und Fauna einen entweder zu vergiften oder zu fressen versuchte, nicht selten auch beides.

Nach dieser gewalttätigen ersten Begegnung ging die Menschheit davon aus, dass sich die Dr'ynn aus dem menschlichen Territorium zurückgezogen hatten. Nur um Jahre später herauszufinden, dass sie immer noch da waren. Sie hatten eine Art Mimikry entwickelt und es wurde gemunkelt, dass ein Dr'ynn durch einen Raum voller Menschen gehen konnte, ohne dass ihn jemand bemerkte.

Die Menschheit nahm schließlich offiziell und auf friedliche Weise Kontakt mit den Dr'ynn auf, und erkannte, dass die Dr'ynn eine Expertise besaßen, an der die Menschheit sehr interessiert war. Die Dr'ynn waren geniale Bioingenieure. Ihren eigenen Angaben nach lag dies daran, dass die aggressive Pflanzenwelt auf ihrer Heimatwelt dazu neigte, alle Technik ab einer gewissen Komplexität zu zerstören. Anstatt daher den Planeten mit Technik ihrem Willen zu unterwerfen, hatten sie sich selbst und ihre Umgebung genetisch angepasst. Die Menschheit war sehr an diesem Wissen interessiert, aber es stellte sich heraus, dass es schwer zu erhandeln war.

Die Dr'ynn interessierten sich nicht für Geld, Technologie oder all die anderen Dinge, die die Menschen für wertvoll hielten. Also versuchten die verdutzten Xeno-Soziologen herauszufinden, warum die Dr'ynn immer noch – größtenteils unbemerkt – im menschlichen Territorium herumlungerten. Bis sie entdeckten, dass die Dr'ynn hinter einer Ressource her waren, die die Menschheit normalerweise frei verschenkte: Sie waren besessen von der Vergangenheit, egal ob in Form wissenschaftlich aufbereiteter Historie oder in Form von Geschichten und Legenden. In Folge hatten Gruppen von Dr'ynn bisweilen an einem biotechnischen Projekt mitgearbeitet, um als Gegenleistung den Zugang zu einem bestimmten Archiv der Menschheit zu erlangen. Meistens zogen sie es aber weiter vor, unbemerkt zu bleiben.

Der Dr'ynn, der jetzt in Darians Quartier saß, wirkte unter der heißen Luft, die aus dem Luftschacht strömte, zunehmend entspannter. Darian räusperte sich und bemühte sich um ein harmloses Thema: »Offensichtlich leistet ihr als Kammerjäger gute Arbeit.«

Ayk gab ein tiefes Knurren von sich, was dem Kopfschütteln eines Menschen zu entsprechen schien.

»Nein, tun wir nicht. Dieses Schiff ist dem Untergang geweiht.«

»Was?«

»Der Befall dauert schon zu lange an. Die Wanzen sind schon fast immun gegen die üblicherweise verwendeten Gifte. Das ist der Grund, warum wir eine Pheromonfalle und das Stromschlagkissen benutzt haben, auf das du gefallen bist.«

»Und das ist nicht das einzige Problem.«

Tani schien nun fast gesprächig zu werden, wie er da selig ausgestreckt unter dem heißen Luftstrahl lag.

»Die Wanzen reagieren erst ab ihrer zweiten Entwicklungsstufe auf Pheromonfallen. Und du hast den Haufen Käfer gesehen, die wir getötet haben. Schwer zu sagen, wie viele noch in Larvenform herumkriechen. Also wird dieses Schiff früher oder später untergehen. Hoffen wir um unseretwillen später.«

Darian erinnerte sich mit Unbehagen an die größeren Käfer, die er vor seinem Absturz durch die Röhre kriechen hatte sehen.

»Warum habt ihr den Job dann angenommen?«

Tani zuckte mit den Schultern: »Wir brauchten eine kostenlose Passage von *Outer Junction* zum Perseus-Transit und die Albion war das einzige Schiff, das bereit war, uns einzustellen.«

Das war ein Grund, den Darian nachvollziehen konnte: »Und warum seid ihr auf *Outer Junction* festgesteckt?«

Ayk leckte sich mit seiner langen Zunge über die Schnauze. »Oh, wir hatten eine Passage auf einem anderen Schiff gebucht, die wir aber leider verpasst haben.«

Tani deutete mit einem anklagenden Finger auf den Anubis, dessen Körperhaltung Darian plötzlich trotz seiner Größe an einen kleinen Hund erinnerte, der neben einer zerbrochenen Vase saß und versuchte, unschuldig dreinzuschauen: »Wir? Du hast dich mit Quizz besoffen und ich musste ewig nach dir suchen.«

»Das habe ich nur, weil du Ewigkeiten lang in diesem stickigen Archiv verschwunden warst und mir langweilig geworden ist.«

»Die Erkundungsdatenbank der Menschen auf *Outer Junction* ist kein stickiges Archiv. Weißt du, wie viel Zeit es mich gekostet hat, die bürokratischen Hürden zu überwinden und Zugang zu bekommen?«

»Ja, lange genug für mich, um eine Bar zu finden, die echtes Quizz servierte.«

Die beiden kannten sich offenbar schon länger.

Ayks Schnauben ließ sich leicht als Verzweiflung übersetzen, selbst für einen mit Anubis nicht vertrauten Menschen: »Reden wir nicht mehr darüber. Komm schon. Lass uns lieber noch ein paar Wanzen töten, bevor sie das Schiff unter unseren Hintern auffressen.«

Tani löste sich widerwillig vom Boden und vom heißen Luftstrom aus der Lüftung: »Auf Wiedersehen, Mensch.«

»Ihr zwei seid hier jederzeit willkommen. Um euch aufzuwärmen und mir zu erzählen, wie es um das Schiff steht«, sagte Darian.

Ayk gab ein scharfes Schnauben von sich und duckte sich dann aus der Tür, dicht gefolgt von Tani. War das eine Zustimmung gewesen? Darian aktivierte seinen PortaComp und begann, die Medienbibliothek des Schiffs zu durchsuchen. Zwischen einer Menge Pornos fand er schließlich das

Standardwerk ›Handbuch für die Beziehungen zwischen den Spezies‹. Die Anzahl der Nutzer, die dieses Dokument auf der Albion bisher geöffnet hatten, war mit null angegeben. Was Darian nicht wunderte.

Die Menschheit war erst ein Jahrhundert nach der Erfindung des Negative-Materie-Antriebs zum ersten Mal in den Kontakt mit einer anderen Spezies gekommen. Zu dem Zeitpunkt war die Menschheit fast schon ein wenig erleichtert gewesen, in der unendlichen Weite des Weltraums anderen empfindungsfähigen Lebewesen zu begegnen. Zum Glück für die Menschen und ihre bisweilen leicht erhitzbaren Gemüter war der erste Kontakt nicht mit den Anubis erfolgt. Stattdessen waren sie auf die Grendin gestoßen, eine geduldige, friedfertige Rasse. Die wiederum hatten die Menschheit den anderen Spezies vorgestellt.

Derzeit gab es sieben bekannte Rassen, einschließlich der Menschheit. Alle befanden sich im Großen und Ganzen auf der gleichen technischen Entwicklungsstufe. So fühlte sich niemand durch die technische Überlegenheit einer anderen Spezies bedroht. Dass die Territorien der Rassen für Grenzstreitigkeiten schlicht zu weit voneinander entfernt lagen, half ebenfalls. In den vergangenen Jahrhunderten hatten alle friedlich zusammengelebt.

Kontakte zwischen den Rassen fanden regelmäßig statt, aber ohne Grund reisten nur wenige die langen Strecken in das Gebiet einer anderen Rasse. Reisezeiten von mehreren Wochen, trotz des Raum-Zeit-Blasen-Fluges, hatten einem möglichen Inter-Rassen-Tourismus von Anfang an einen deutlichen Dämpfer verpasst. Daher war auch das Interesse des durchschnittlichen Menschen an den anderen Spezies in etwa so groß wie sein Interesse an Flusspferden. Er wusste, dass ein paar in Reservaten überlebt hatten, aber was sie dort taten, und warum, war ihm herzlich egal.

Während der nächsten drei Tage sah Darian keine Spur von den beiden Außerirdischen, obwohl er den Verdacht hatte, dass sich Tani in seiner Abwesenheit zum Aufwärmen in sein Quartier schlich. Er arbeitete jeden Tag stundenlang in den Tunneln und versuchte, die immer größer werdende Flut von wanzenbedingten Kabelbrüchen einzudämmen. Eine vergebliche Anstrengung, wie ihm immer klarer wurde.

Am vierten Tag, als er nach einer achtstündigen Schicht, müde und bis auf die Knochen durchgefroren bereit war, den Tag zu beenden, piepste sein PortaComp. Es war die erste Nachricht, die er erhielt, seit er an Bord der Albion gekommen war. Die Nachricht hatte eine nichtssagende temporäre Absender-Identifikation und bestand nur aus einer Ortsangabe und einem einzigen Satz: »Komm her, Mensch.«

Das klang nach den beiden Kammerjägern.

Der angegebene Ort befand sich im vordersten Segment von MT-4, wo der Tunnel in die Technikstation überging. Als er eintraf, wartete Ayk dort auf ihn. Eine sehr große Wanze, etwa halb so groß wie Darian, lag vor den bepelzten Füßen des Anubis. Sie war offensichtlich mit brachialeren Mitteln als einem Stromschlag getötet worden und ruhte in einer Pfütze aus silbrigem Schleim.

Ayk stieß ein leises Jaulen aus, was Darian als Seufzen interpretierte: »Wir haben ein Problem, Darr'en.«

Der mittlere Teil seines Namens rollte wie ein leises Knurren von Ayks Zunge. Trotzdem war Darian angenehm überrascht, dass er von ›Mensch‹ zu einer Person mit Vornamen befördert worden war.

»Die Wanze? Sieht tot genug aus für mich.«

»Die ist in der Tat sehr tot. Aber das ist nicht das Problem.«

»Das ist eine Wanze in der dritten Entwicklungsstufe«, erklang Tanis Stimme hinter Darian. Er zuckte überrascht zusammen. Wie war es möglich, dass er den Dr'ynn nicht gesehen hatte, als er eben den Tunnel passiert hatte? Vielleicht waren einige der Gerüchte über die Dr'ynn doch wahr.

Tani trat gegen das tote Tier: »Wenn eine Wanze so groß wird, bedeutet das, dass es ein Nest gibt. Um die dritte Entwicklungsstufe zu erreichen, brauchen sie einen ruhigen, mehr oder weniger geschlossenen Raum mit einer pheromongesättigten Atmosphäre. Und wenn eine Wanze die dritte Stufe erreicht hat, ist sie sehr wahrscheinlich nicht die Einzige. Das Problem ist, dass wir das Nest nicht finden können. Wir glauben, dass es sich irgendwo in der Schiffstechnik befindet.«

»Wenn das stimmt, müsst ihr mit Willy reden. Das ist der Schiffsingenieur.«

Ayk gab ein Schnauben von sich, das einem Nicken entsprach: »Ja, wissen wir. Tani weigert sich, mit Willy zu reden, aber ich habe es getan. Willy hat mir etwas nahegelegt, das für mich aus anatomischen Gründen nicht auszuführen ist. Den Filmen in der Schiffsmediathek nach, ist es auch für Menschen nicht möglich. Glaube ich zumindest. Diese Filme sind übrigens sehr interessant. Ich wusste nicht, dass Menschen so viele verschiedene Formen nonverbaler Kommunikation mit Lauten und Geräuschen verwenden.«

Darians Gehirn brauchte einen Moment, um die letzte Aussage in den Zusammenhang mit dem Hauptinhalt der Mediathek der Albion zu bringen.

»Ah. Ich meine ... Ayk, das ...«

Tani bedeutete Darian mit einer hastigen Geste, dieses Thema mit dem Anubis nicht weiterzuverfolgen, und fragte: »Wärst du bereit, mit Willy zu sprechen? Vielleicht hört er ja auf jemanden seiner eigenen Spezies.«

Darian zuckte mit den Schultern. »Ich bezweifle es, aber ich kann es versuchen.«

Tani neigte leicht den Kopf: »Danke. Und Darian, wenn du auf eine Wanze dieser Größe triffst – dreh um und lauf in die andere Richtung. Sie haben genug Säure, um einen Menschen zu töten. Und anders als die Kleineren greifen sie an, wenn sie sich bedroht fühlen.«

Darian betrachtete den Dr'ynn leicht überrascht. Also konnte Tani höflich und hilfsbereit sein, wenn es ihm passte. Aber es war ein guter Rat. Darian hatte in den letzten Tagen genug von den Bohrlöchern der Wanzen gesehen. Wenn man bedachte, wie leicht sich diese durch Metalllegierungen ätzen konnten, wollte er sich nicht vorstellen, was eine große Wanze an einem menschlichen Körper anzurichten vermochte.

»Glaub' mir, ich werde wie der Teufel rennen. Ich bringe nur meine Ausrüstung weg und rede dann mit Willy.«

Ayk schnaubte kameradschaftlich: »Dann bis später, Darr'en.«

Willy und Darian gehörten zwar derselben Spezies an, aber das hatte sie nicht daran gehindert, gleich bei ihrer ersten Begegnung eine gegenseitige und inbrünstige Abneigung zu entwickeln. Darian war sich nicht sicher, ob es Liebe auf den ersten Blick gab. Aber seitdem er Willy kannte, war er sich sicher, dass es Abscheu auf den ersten Blick gab. Sobald er den verwahrlosten Zustand der Schiffstechnik gesehen hatte und den ebenso verwahrlosten Ingenieur, hatte er eine heftige Abneigung gegen den dicken Faulpelz gefasst. Und sobald Willy herausgefunden hatte, dass Darian ihm mit seinem Können als Techniker um ein Hochhaus überlegen war, hatte er die Abneigung aus ganzem Herzen erwidert. Als der reguläre Schiffsingenieur stand Willy im Rang über Darian, also hatte er den lästigen Neuankömmling umgehend dazu verdonnert, ausschließlich im Frachtbereich des Schiffes zu arbeiten.

Darian betrat die Schiffstechnik und fand Willy zurückgelehnt in seinem extra breiten Stuhl leise schnarchend vor. Die Füße hatte er auf eine mit Proviantresten übersäten Konsole gelegt. Ein rotes Licht blinkte lautlos zwischen dem Abfall. Offenbar hatte Willy den Audioalarm ausgeschaltet, damit sein Nickerchen nicht gestört wurde. Darian trat schweigend an die Seite des Mannes und räusperte sich geräuschvoll. Willy wachte mit einem gurgelnden Schnauben auf und funkelte ihn wütend an: »Du! Warum bist du nicht bei der Arbeit?«

»Die vorderen Reaktorlüftungen erfordern deine Aufmerksamkeit.«

Willy warf einen Blick auf die Hauptschalttafel und schlug dann mit der Faust auf einen Knopf. Darian zuckte bei der groben Behandlung zusammen. Die Albion war ein gutes Schiff und verdiente eine freundlichere Hand.

»Die Lüftungen in einen routinemäßigen Wartungszyklus zu schicken, wird das Problem nicht lösen, es wäre klüger ...«

Unter Willys eisigem Blick zwang sich Darian, innezuhalten. Er war hergekommen, um zu verhandeln, nicht um die Feindschaft zu vergrößern. Warum regten ihn Typen wie Willy so sehr auf, dass er seinen Mund nicht halten konnte?

»Hör zu, ich möchte deine Arbeit nicht stören, aber ich habe mit den Kammerjägern gesprochen ...«

»Es gibt keine Kakerlaken in meinem Teil des Schiffes!«

Willy war so empört, dass er sich sogar halb in seinem Stuhl aufsetzte.

»Das sage ich nicht, aber vielleicht solltest du ...«

»Und ich sage dir dasselbe, was ich dem großen Freak gesagt habe. Stopf ...«

»Ja, ja. Die anatomische Unmöglichkeit.«

Darian machte auf dem Absatz kehrt und verließ den Raum, wütend auf sich selbst und genervt von der ganzen

Situation. Er konnte natürlich mit dem Kapitän sprechen, aber der gehörte zur Sorte Führungskraft, die Probleme nicht löste, sondern delegierte. Also würde der ihn vermutlich nur wieder an Willy zurückverweisen. Und mit diesem sturen, faulen Sack zu reden war offensichtlich sinnlos. Nein, entweder gab es kein Nest – wie Willy behauptete, und Darian bezweifelte – oder sie mussten es ohne Willys Hilfe finden. Eine Idee schlich sich in seinen Kopf.

Da er schon im vorderen Teil des Schiffes war, nutzte Darian die Gelegenheit, seine Vorräte aus der Kombüse aufzufüllen. Die Arme voller Lebensmittelpakete ging er zurück zu seinem Quartier und blieb wie angewurzelt stehen, sobald er den Raum betreten hatte.

Ayk war nirgends zu sehen, aber Tani saß direkt unter dem Lüftungsschacht, diesmal ohne Schals und Atemmaske. Als Darian das Gesicht des Außerirdischen in seiner faszinierenden, fremdartig-vertrauten Schönheit sah, strömte körperlich spürbar eine seltsame Sehnsucht durch ihn. Vergleichbar mit dem fast unwiderstehlichen Drang, die schnurrende Katze zu streicheln, die sich einem auf den Schoß gelegt hatte. Der rationale Teil seines Gehirns sagte Darian, dass diese Reaktion ein biologischer Effekt war. Der nicht so rationelle Teil war verwirrt und überwältigt von dem Außerirdischen. Die gleichzeitig vertrauten und fremden Merkmale vereinten sich in einer Weise, die zu einem Eindruck nahezu Ehrfurcht gebietender Schönheit führten.

Das Handbuch für die Beziehungen zwischen den Spezies empfahl, sich mental abzuschotten, wenn man zum ersten Mal mit einem unmaskierten Dr'ynn konfrontiert wurde. Es riet, sich bewusst auf die Unterschiede zwischen den beiden Arten zu konzentrieren und zu rationalisieren, dass Dr'ynn nicht wirklich schön waren, sondern nur den Eindruck von Schönheit erweckten. Ähnlich einem Zimmer, das im warmen Licht von Kerzen anheimelnd und gemütlich wirkte, bis man genauer hinsah und den Schimmel an den Wänden und den Lurch in den Ecken bemerkte.

Darian konzentrierte sich also auf einzelne Merkmale. Tani trug immer noch eine Mütze, sodass die Ohren nicht sichtbar waren, von denen Darian aus dem Handbuch wusste, dass sie spitz und nach hinten gedreht waren. Die Haut des Dr'ynn war von einem goldfarbenen Karamellbraun, das in der menschlichen Bevölkerung nicht zu finden war. Sein Gesicht war fast dreieckig, mit großen mandelförmigen Augen, hohen, scharf geschnittenen Wangenknochen und einem breiten Mund. Alle diese Merkmale befanden sich zueinander in einem Verhältnis, das bei einem Menschen nicht als gut aussehend empfunden worden wäre. So weit, so gut. Das Problem war, dass die Abschottung nicht allzu viel half. Ein Teil von Darian wollte immer noch hinübergehen und den Dr'ynn voller Ehrfurcht berühren. Aber das Handbuch war in diesem Punkt sehr klar gewesen: keine Berührungen ohne vorherige Einladung. Also konzentrierte sich Darian auf Tanis weniger liebenswürdige Eigenschaften. Denn von seiner ätherischen Schönheit einmal abgesehen, hatte Tani sich als Person meist grob und unhöflich verhalten. Darian konzentrierte sich darauf und spürte, wie sich der Aufruhr in ihm beruhigte.

Während Darian wie ein Narr angewurzelt dastand, schwankte Tanis Gesichtsausdruck zwischen Geduld und Ärger. Als Darian sein inneres Gleichgewicht gefunden hatte, zeigte Tani ein Lächeln, das kaum gekünstelt wirkte. Dry'nn konnten menschliche Gesichtsausdrücke fast perfekt nachahmen, auch wenn sie sie untereinander nicht verwendeten.

»Willst du das Zeug nicht ablegen?«

Darian fühlte sich, als hätte er einen Test bestanden, und ließ die Lebensmittelpakete in die nächste Ecke fallen. Dann setzte er sich so weit von Tani entfernt hin, wie es in dem nicht sehr großen Raum möglich war. Angesichts von

Tanis androgynem Gesicht kam ihm eine Frage in den Sinn, über die er bis jetzt nicht nachgedacht hatte.

Tani machte eine einladende Geste: »Nur zu – frag. Und sei nicht so nervös, alles in allem hast du es gut gemeistert.«

»Ähm, bist du männlich?«

Tani deutete auf seine flache Brust: »Ja, wir sind lebendgebärende Säugetiere und unsere Weibchen haben Brüste. Nur zwei, zur großen Enttäuschung einiger Angehöriger deiner Rasse. Aus einem mir unerklärlichen Grund würden sie es bevorzugen, wenn sie drei hätten. Oder grüne oder blaue Haut. Ayk ist übrigens auch männlich.«

Darian wurde bewusst, dass er einfach das Geschlecht der Außerirdischen von seiner menschlichen Sichtweise ausgehend angenommen hatte. In dem Moment stelzte auch der Anubis in den Raum und nahm mit einem hörbaren Schnüffeln seine Umgebung in sich auf. Offensichtlich zufrieden mit dem Ergebnis, ließ er sich fallen: »Gut. Ich muss Darr'en nicht wieder zu Sinnen prügeln und ihr zwei kommt miteinander aus. Also, wie ist es mit dem stinkenden Mann gelaufen?«

»Wie erwartet nicht gut. Aber ich habe eine Idee, wie ich das Wanzennest ohne Willys Hilfe finden kann. Aber dazu bedarf es einer, ah, kreativen Herangehensweise.«

Ayk runzelte fragend die Schnauze. »Gut. Wie machen wir das?«

»Ich kann mit einem speziell angepassten Programm die Kontrolle über die internen Überwachungskameras des Schiffes übernehmen und mit deren Hilfe sollten wir das Wanzennest finden können.«

»Du hast Zugriff auf das Schiffsnetzwerk und den Hauptcomputer? Uns hat Willy nur Gastkonten gegeben.«

»Mir auch. Hier kommt die kreative Herangensweise ins Spiel.«

»Ich verstehe nicht.«

Tani schnalzte amüsiert mit der Zunge und ersetzte so das für ihn künstliche menschliche Lächeln mit dem natürlichen Ausdruck seiner Rasse: »Ich denke, was Darian sagen will, ist, dass er den Schiffscomputer hacken und ein illegales Programm verwenden will, um die Kameras zu übernehmen.«

»Ah, warum sagst du das nicht?«

Darian seufzte. So viel dazu, einem Anubis gegenüber vage zu bleiben.

»Und wegen dieser nicht ganz legalen Methode sollten wir uns, falls es wirklich ein Nest gibt, den Ort anschließend persönlich ansehen. Ich möchte gerne vermeiden, der Crew gestehen zu müssen, dass ich den Schiffscomputer gehackt habe.«

Tani nickte: »Wir können das Wanzennest fotografieren. Das wird die Crew dann hoffentlich genügend in Unruhe versetzen, so dass sie tatsächlich etwas unternehmen. Aber wird es nicht zu lange dauern, ein Programm für diesen Zweck zu schreiben?«

»Nein, ich habe eine Variante eines geeigneten Programmes geerbt, gewissermaßen. Ich muss es nur an die Software der Albion anpassen. Wenn ich gleich anfange, sollte ich in etwa vierundzwanzig Stunden bereit sein, eine Übernahme der Kameras zu versuchen. Es gibt einen sekundären Technik-Kontrollraum mit einem Cyberlink in der Nähe von MT-3. Der Zugang dorthin ist relativ schmal, also scheint Willy ihn nicht zu benutzen.«

Tani beugte sich vor und deutete auf Darians Schläfe. »Hast du vor, dein Implantat zu verwenden?«

»Ja, im Netzwerk habe ich bessere Chancen.«

»Sollen wir dich in der Zwischenzeit im Auge behalten?«

Daran hatte Darian noch gar nicht gedacht. Unwillkürlich bekam er eine Gänsehaut bei dem Gedanken, seinen bewusstlosen Körper unbewacht zu lassen, während säure-spritzende Wanzen herumkrabbelten.

»Wenn es euch nichts ausmacht, Leibwächter zu spielen, würde ich das sehr begrüßen.«

»Kein Problem, wir wollen sowieso sehen, was du findest. Kontaktier uns einfach, wenn du bereit bist.«

»Ich schicke euch eine Nachricht. Nur aus Neugier, wo wohnt ihr? Offensichtlich auch nicht im Mannschafts-quartier.«

Ayk kräuselte seine Zunge, was wohl Belustigung bedeutete: »An einem Ort, an dem ich genug Platz habe, um meinen Rücken zu strecken. Und weit weg vom mensch-lichen Gestank.«

»Ich habe immer noch keine Ahnung, wo das sein könnte, und ich glaube, ich kenne die Pläne dieses Schiffs mittlerweile ziemlich gut.«

»Dein Fehler ist, dass du dich auf die Pläne verlässt. Wir haben unser Quartier im Heck des Schiffes, wo die Haupt-rohre des Rahmens zusammengehalten werden.«

Darian versuchte, sich an den entsprechenden Abschnitt des Schiffes in den Plänen zu erinnern. Nach denen gab es an der Stelle nur eine querlaufende Struktur, um den Rohren Stabilität zu verleihen. Darian war nie so weit hinten gewesen, da es am anderen Ende des Schiffes bisher keine Kabelbrüche gegeben hatte. Wenn er es sich recht überlegte, war der größte Teil der Schäden in der Nähe der eigentlichen Schiffssektion entstanden. Was ein Nest im Bereich der Schiffstechnik zumindest nicht unwahr-scheinlich machte.

Tani fügte hinzu: »Dort ist es kalt, nicht so nett wie hier. Ich denke, es ist ein Überrest eines früheren Designs des Schiffes. Laut den Schiffspapieren ist Haul'R'Us bereits der vierte Besitzer der Albion.«

»Das würde ich mir gerne ansehen.«

»Du kannst uns gerne besuchen. Aber im Moment sollten wir alle mit unserer Arbeit weitermachen.«

Als die beiden Aliens gegangen waren, rief Darian das Programm auf, das er im Nachlass von Ed, dem verstorbenen Ingenieur der *Prospero*, gefunden hatte. Er hatte gewusst, dass es einmal nützlich sein würde. Er arbeitete, bis er zu müde war, um die Augen offen zu halten.

Nach ein paar Stunden Schlaf kehrte er zu seinen Reparaturarbeiten zurück, die sich mehr und mehr wie eine rein symbolische Anstrengung anfühlten. Danach arbeitete er am Programm weiter. Als er damit zufrieden war, schickte er eine Nachricht an die beiden Kammerjäger.

Der sekundäre Kontrollraum war klein und schmutzig und die spärliche Möblierung bestand aus einem einsamen Stuhl vor einer einzelnen Konsole. Was den Raum für Darian so nützlich machte, waren der Cyberlink und der hier installierte sekundäre Schiffscomputer. Einmal an Bord, hatte Darian schnell die Nase voll davon gehabt, keinen Zugriff auf den Schiffscomputer zu haben. Er war es nicht gewohnt, nicht zu wissen, wie es um ein Schiff stand, mit dem er reiste und wie weit sie auf der Reise waren. Also hatte er die schlecht gewartete digitale Sicherheit der Albion ausgetrickst und sich im lokalen Computer hier eine Hintertür zu den Navigationskontrollen des Hauptcomputers eingerichtet. Statt des Cyberlinks hätte er auch den aktiven Modus seines Implantats verwenden können, um über das Funknetzwerk einzudringen. Aber der autorisierte Cyberlink hier machte die Sache viel einfacher.

Darian ließ sich auf den Stuhl fallen und schloss seinen PortaComp mittels eines Adapter-Kabels an den Cyberlink an. Zwar brannte er darauf, sich ins Netz zu begeben, aber er beschloss, lieber auf seine Leibwächter zu warten. Er konnte eine Menge winziger Bohrlöcher in den Metallverkleidungen in Bodennähe sehen. Schließlich schob sich Ayk in den Raum und quetschte sich mit einem Schnauben in eine Ecke: »Wenn du eng sagst, meinst du wirklich eng, Darr'en.«

Tani umrundete Ayks Masse: »Ich schätze, hier sind wir sicher vor Willy. Bist du bereit, den Computer zu hacken?«

Darian versuchte, empört dreinzublicken: »Ich ziehe es vor, es als notwendige Aufklärungsarbeit zur Erlangung wichtiger Informationen zu bezeichnen. Und ja, ich bin bereit. Wenn es Probleme gibt, drück einfach diese Taste und ich werde per Notfallroutine aus dem Netz geholt. Zieh nicht einfach das Kabel ab, damit könntest du mein Gehirn grillen.«

Tani nickte und Darian drückte die Anschlussplatte an seine Schläfe. Da er seinen PortaComp zwischengeschaltet hatte, landete er erst einmal in dessen Hochleistungsprozessor und nicht gleich im Schiffsnetzwerk. Das gab ihm Gelegenheit, die Programme zu aktivieren, mit denen er all die lästigen Anfragen des Schiffcomputers nach Berechtigungen umgehen konnte.

Eds Programm hatte er in einem Standard-Datenpaketcontainer versteckt. Solange der Schiffscomputer das Datenpaket nicht öffnete, würde es keinen Verdacht erregen. Nachdem seine Programme den Schiffscomputer überzeugt hatten, dass er ein berechtigter Benutzer war, lud er das Datenpaket mit Eds Programm. Um das Paket unbemerkt öffnen zu können, befahl Darian der Sicherheitssoftware eine Überprüfung der Software der Navigationssensoren. Er wusste, dass dieses Programm einen an sich nicht kritischen Fehler hatte, der aber die Sicherheitssoftware bei der Überprüfung kurz in einen Loop schicken würde. Lang genug für ihn, um Eds Programm unbemerkt in die Software der Kameras zu integrieren.

Als Eds Programm sicher etabliert war, schlüpfte Darian in den neu geschaffenen Datenstrom. Wie befohlen hatte die Software jede Kamera aktiviert, die sie erreichen konnte.

Darian begann durch die Bilder der Kameras zu wandern. Maschinen, noch mehr Maschinen, Willy beim Schlafen, Maschinen, einer von der Crew der ... uh, das musste er nicht sehen. Leere Tunnel, leere Gänge, Maschinen, Wanzen – eine Menge davon.

Darian lokalisierte die entsprechende Kamera auf dem Grundriss des Schiffes. Sie befand sich im Zugangstunnel zu einem der vorderen Versorgungsdepots. Laut der Legende auf dem Plan des Schiffes handelte es sich um ein Lager für nicht wesentliche, aber schwer zu beschaffende Ersatzteile. Darian griff auf die Inventarliste zu: Jede Menge Dinge, die Wanzen schmackhaft fanden. Die Kameras im Depot selbst waren tot. Es bestand eine gute Chance, dass er nur die Spitze des Eisbergs gesehen hatte.

Nachdem er das Kamerabild auf den Bildschirm im Kontrollraum umgeleitet hatte, verließ Darian das Netzwerk. Er wartete, bis er wieder die volle Kontrolle über seinen Körper hatte und sah, dass Tani und Ayk bereits auf den Schirm starrten. In der emotionalen Distanziertheit im Netzwerk hatte Darian das Gewimmel der Wanzen nicht weiter berührt. Jetzt stellten sich ihm die Haare zu Berge und in seinem Magen machte sich ein flaues Gefühl breit, als er auf dem Bildschirm die pulsierende Masse Hunderter übereinander krabbelnder Wanzen sah. Sie wirkten wie ein einziger großer Organismus, der hierhin und dorthin waberte und ständig Teile verlor und wieder aufnahm.

»Das sieht nicht gut aus«, sagte Darian.

Ayk schnupperte in seine Richtung. »Bist du okay, Darr'en?«

»Ja, ich habe nur gerade herausgefunden, dass der Urmenschen-Teil meines Gehirns nicht gut auf den Anblick so vieler Wanzen reagiert.«

Ayk betrachtete das Bild: »Ich denke, Anubis geht es diesbezüglich auch nicht viel besser.«

Tani zuckte mit den Schultern: »Auf meiner Heimatwelt gibt es Schlimmeres.«

Darian starrte den Dr'ynn an: »Erinnere mich daran, niemals deine Heimatwelt zu besuchen.«

Ayk schnaubte zustimmend.

Darian blickte wieder auf den Bildschirm und holte tief Luft: »Okay, wir haben das Wanzennest gefunden. Jetzt müssen wir dorthin.«

Tani studierte das Kamerabild: »Da drüben – dieser große, hässliche Kerl ist eine Wanze in der vierten und letzten Entwicklungsstufe. In dem Stadium sind sie wirklich aggressiv. Und es bedeutet, dass die Wanzen im schlimmsten Fall schon kurz davor sind, auszuschwärmen.«

»Was bedeutet das?«

»Die Scarabeus Terrebrum Stellaris haben sich gut an die Umgebung in Raumschiffen angepasst. Sie haben gelernt, sich von der Außenhülle fernzuhalten, und sie mögen den Antrieb für die Raum-Zeit Sprünge nicht, entweder wegen der Vibrationen oder wegen des Kerns aus negativer Materie. Aber sobald ein Nest einen bestimmten Sättigungsgrad erreicht und die Ressourcen knapp werden, machen sie sich bereit zu schwärmen. Und dann kennen sie kein Halten mehr. Das ist ein natürliches Instinktverhalten, das von ihrer Heimatwelt übrig geblieben ist. Auf ihrem Planeten würden sie so mehrere neue Kolonien gründen. Hier ist das Ergebnis ein Raumschiff voller Löcher.«

»Aber das würde sie genauso umbringen wie uns.«

»Die Wanzen sind nicht für ihre Intelligenz bekannt. Und ohne Nahrung würden sie auch sterben. Wobei sie aber selbst bei einem Hüllenbruch eine Zeitlang im Vakuum überdauern können. Einige der Larven würden in geschützten Spalten überleben und wenn das Wrack geborgen wird, kann ein neuer Befall beginnen.«

»Woher weißt du so viel über die Weltraumwanzen?«

Tani zuckte mit den Schultern: »Als mir klar wurde, dass das der einzige Job war, den wir bekommen konnten, habe ich die biologische Datenbank von Außerkreuz aufgesucht und alles gelesen, was ich finden konnte. Den Rest habe ich, wie sagt man, im Zuge persönlicher Erfahrungen gelernt.«

»Dein Wissen ist also hauptsächlich theoretisch?«

»Ja, aber das Schwärmen ist gut dokumentiert. Es ist kein sofortiger Prozess. Es gibt viele Warnzeichen und die meisten Raumfahrer schaffen es, rechtzeitig zu evakuieren. Meist zusammen mit einer Handvoll Larven in ihren Rettungskapseln.«

Ayk stieß Tani an: »Du hast gesagt, dass die Wanzen nicht schwärmen würden, bevor wir unser Ziel erreichen.«

»Ich habe mich offenbar verrechnet.«

Darian runzelte die Stirn. »Kannst du abschätzen, wie lange wir noch haben, bevor das Schwärmen beginnt?«

»Nicht, ohne das Nest tatsächlich gesehen zu haben, und selbst dann kann ich nur raten.«

»Großartig. Was können wir tun, um zu verhindern, dass die Wanzen schwärmen?«

»Die Luft mit der aus den Reservetanks ersetzen, um die Pheromonwerte zu senken. Die Anzahl der Wanzen reduzieren, indem wir so viele wie möglich töten. Obwohl ich befürchte, dass wir drei dafür nicht ausreichen werden. Um wirklich einen Unterschied zu machen, wäre eine gemeinsame Anstrengung der gesamten Crew notwendig.«

So sehr er sich auch bemühte, Darian konnte sich nicht vorstellen, dass Willy oder der Rest der aus demselben Holz geschnitzten Crew heldenhaft gegen Horden von Weltraumwanzen kämpfen würden. Wenn es überhaupt dafür geeignete Waffen an Bord gab. Aber ein Schritt nach dem anderen.

»Lasst uns herausfinden, wie schlimm die Situation wirklich ist. Dann können wir mit der Crew reden.«

Tani warf Darian einen abschätzenden Blick zu: »Hast du Kampferfahrung?«

»Zählen Barschlägereien? Sag nicht, du willst, dass ich hierbleibe!«

Tani zuckte mit den Schultern: »Du bist langsamer als wir.«

»Und schwächer«, fügte Ayk hinzu.

»Denkt nicht mal dran, ich komme mit.«

Tani sah ihn fragend an: »Warum willst du dir das antun? Das wird nicht schön.«

Darian hielt inne und dachte über seine Motive nach. Zugegeben, mit seinem genetisch optimierten Körper war er es nicht gewohnt, der Schwächste in einer Gruppe zu sein. Sein Ego hatte gerade einen Dämpfer abbekommen. Aber sich zu beweisen war nicht der Grund, warum er die beiden Außerirdischen begleiten wollte. Es war der Drang, mit eigenen Augen sehen zu wollen, wie die Dinge standen. Er wollte den Schaden, den die Wanzen angerichtet hatten, selbst evaluieren und sich nicht auf Schilderungen aus zweiter Hand verlassen müssen.

»Ich möchte den Schaden an der technischen Ausrüstung einschätzen. Von hier aus kann ich das nicht, da der Sektor mit den Wanzen elektronisch tot ist. Meine Evaluierung des Schadens kann uns dabei helfen, einzuschätzen, wann die Wanzen schwärmen werden. Ihr seid beide keine Experten für menschliche Technologie.«

Tani neigte den Kopf, als würde er auf etwas lauschen, dass nur er hören konnte: »Das ist wahr. Gut, gehen wir zu dritt auf diese kleine Exkursion. In diesem Fall habe ich etwas für dich, Darian.«

Der Dr'ynn griff in die Schichten seiner Kleidung und zog ... ein Messer? Nein, Darian besaß ein Mehrzweckmesser. Das hier war ein – er musste sein Gehirn nach dem passenden Begriff durchsuchen – Dolch. Die schlanke, doppelseitige

Klinge und der Griff sahen auf den ersten Blick antik aus, bedeckt mit Wirbeln und Symbolen eines fremdartigen Dekors. Als Tani ihm die Waffe reichte, erkannte Darian, dass der Dolch aus einer äußerst widerstandsfähigen, modernen Legierung gefertigt war. Die scharfe Klinge war einer Monofilament-Behandlung unterzogen worden. Kurz, das Ding war ein riesiges, zweischneidiges Skalpell.

»Wie hast du das durch die Kontrollen auf Außerkreuz bekommen?«

»Es handelt sich um ein Artefakt von historischem Wert.«

»Das erklärt natürlich alles.«

»He! Ich habe eine amtlich beglaubigte Lizenz dafür. Und abgesehen davon machen sich Menschen im Allgemeinen nur bei Schusswaffen Sorgen. Wie viel Schaden kann jemand schon mit einem kleinen Messer anrichten?«

»Einem kleinen Messer ... Na, wenn du das sagst.«

»Hier, nimm auch noch die Scheide, bevor du dich schneidest.«

Darian befestigte den Dolch an seinem Gürtel und Tani zog eine zweite Waffe, die auf seinem Rücken versteckt gewesen war. Es war entweder ein sehr langer Dolch oder ein kurzes Schwert. Darians Wissen über archaische Waffen war zu begrenzt, um das beurteilen zu können. Aber ihm drängte sich der Gedanke auf, dass der Ausschuss zur Kontrolle und Beschränkung über das Führen von Waffen seine Politik gegenüber außerirdischen Artefakten wirklich überdenken sollte.

»Ayk, was ist mit dir?«

Der Anubis rollte die Zunge: »Ich bin mit eingebauten Waffen ausgestattet.«

Er hielt Darian eine seiner großen, pelzigen Pfoten vor das Gesicht und spannte seine Finger auf eine Weise an, die Darian zuvor noch nicht gesehen hatte. Lange, gebogene

Klauen fuhren aus und verschwanden wieder in verborgenen Falten, als Ayk seine Pfote entspannte.

»Gut genug?«

»Ja. Gebt mir ein paar Sekunden.«

Darian warf einen weiteren Blick auf den Grundriss des Schiffes und fand einen abgelegenen Zugang zum vorderen Versorgungsdepot. Er schaltete seinen PortaComp in den Kameramodus und befestigte ihn an seinem Gürtel.

»Fertig. Lasst uns gehen.«

Bereits mehrere Korridore vom Depot entfernt, krochen Larven und Wanzen in der zweiten Entwicklungsstufe offen über den Boden und die Wände, die hier aussahen wie altterranischer Käse. Die Luft war erfüllt von einem widerlich süßlichen Geruch, der Ayk wiederholt zum Niesen brachte. Tani riet Darian, nicht auf die Wanzen zu treten und deren Anwesenheit ansonsten zu ignorieren. Aber je näher sie der Kamera kamen, deren Bilder sie gesehen hatten, desto mehr hatten sie Probleme, wanzenfreie Stellen für ihre Füße zu finden. Darians Haut begann zu jucken, während er durch die krabbelnde Masse watete.

»Tani? Sie sind überall auf meinen Stiefeln.«

»Ich weiß, aber die wollen sie nicht essen. Bleib ruhig. Versuch, keine von ihnen zu zerquetschen. Im Tod geben sie ein Pheromonsignal ab, um ihre größeren Verwandten zu warnen.«

»Das wird wirklich schwierig werden«, sagte Ayk, während er vorsichtig versuchte, Platz für seine großen Pfoten zu finden. »Früher oder später werden wir auf eine treten.«

Tani seufzte: »Wenn wir Pech haben und das passiert, werden uns die Größeren angreifen, um ihr Territorium und das Nest zu verteidigen. Versucht in dem Fall, auf ihren Rücken zu kommen, sie können ihre Säure nicht nach hinten spritzen. Attackiert ihren Bauch, der ist weicher als der Panzer auf ihrem Rücken. Ihre wichtigsten Sinnesorgane sind die Antennen am Kopf. So, jetzt wisst ihr genauso viel wie ich.«

Sie erreichten eine weitere Biegung des Korridors und sahen über sich die Kamera hängen, mit der Darian die Wanzen ausfindig gemacht hatte. Als sie um die Ecke bogen, standen sie vor einem klaffenden Loch, wo sich einmal die Luke zum Vorratsraum befunden hatte. Die Wanzen hatten sich geradewegs hindurch gefressen. Ironischerweise war das Türschloss dabei unbeschädigt geblieben, sodass der Schiffscomputer keinen unbefugten Zugriff registriert hatte.

»Lasst uns nachsehen, wie es drinnen aussieht, und dann weg hier. Genug ist genug.«

Darian flüsterte instinktiv, obwohl die Wanzen offenbar nicht auf Geräusche reagierten. Die anderen beiden nickten und sie schlurften unbeholfen vorwärts. Als sie die Überreste der Luke erreichten, hatten sie einen guten Ausblick auf das, was einst das Depot gewesen war. Darian starrte geschockt. Die Wände des einst doppelt hohen Raums waren größtenteils verschwunden und die Wanzen hatten sich in die angrenzenden Abteile ausgebreitet. Was vom Boden übrig war, war mit allen möglichen Ersatzteil-Resten übersät, die von den Wanzen als ungenießbar liegen gelassen worden waren. Unzählige von ihnen in allen Entwicklungsstadien krochen über, unter und zwischen den Metallresten herum. Die Decke war größtenteils noch intakt, da die größeren Käfer, die mehr Schaden anrichteten, im Gegensatz zu ihren kleineren Brüdern nicht in der Lage waren, die Wände hochzuklettern. Freigelegte Kabelkanäle dienten den Larven als Schnellstraßen. Halb zerfressene Platinen und geschwärzte Stellen, wo abisolierte Kabel einen Kurzschluss verursacht hatten, wohin man auch blickte.

»Das ist übel, wirklich übel.«

Ayk knurrte: »Sogar ich kann das sehen. Kannst du den Schaden einschätzen?«

»Lass mich ein paar Fotos machen. Ich brauche Zeit, um überhaupt herauszufinden, was was ist. Oder vielmehr war.«

Ayk manövrierte seinen Körper, um Darian einen besseren Blickwinkel zu geben. Er bewegte seine Pfoten mit bewundernswerter Geschicklichkeit, bedachte aber nicht, wie instabil die durchlöcherten Bodenplatten geworden waren. Eine der Metallplatten unter seinem Fuß gab nach und der Anubis krachte in den darunter liegenden Kabelkanal. Das unheilverheißende Knirschen brechender Wanzenpanzer ertönte.

Die drei standen wie festgefroren und sahen erst einander und dann die Wanzen an. Die großen Exemplare drehten ihre vibrierenden Antennen in ihre Richtung. Dann stürmten sie mit einem ohrenbetäubenden, kreischenden Schreien und erstaunlicher Geschwindigkeit auf sie zu.

Ayk wartete nicht auf ihre Ankunft. Er sprang gerade nach oben und befreite sich so aus dem Kabelkanal. Er fand vorübergehend Halt an einem der freihängenden Rohre an der Decke, richtete seinen Körper neu aus und ließ wieder los. Er landete auf einer der größten Wanzen und drückte sie mit seinem Gewicht zu Boden. Tani zog sein Schwert und sprang in die krabbelnde Masse, um Ayk den Weg zurück zur Tür freizumachen. Seine Agilität und Schnelligkeit waren atemberaubend. Darian stand weiter wie festgefroren da und versuchte, zu verarbeiten, was gerade passierte.

Vor ihm brach die Hölle los. Ayk warf Wanzen mit kräftigen Tritten auf den Rücken und riss ihnen dann mit seinen Krallen den Bauch auf. Tanis Schwert schnitt mühelos durch Antennen und ließ verwirrte Wanzen zurück. Säure spritzte in alle Richtungen und löste die Wände weiter auf.

Eine der Wanzen bewegte sich auf Darian zu. In erschreckender Klarheit sah er die Mandibeln der Wanze arbeiten, als sie sich darauf vorbereitete, Säure auf ihn zu spucken.

Tani, der es geschafft hatte, Darian im Auge zu behalten, vollführte im letzten Moment einen Rückwärtssalto und stieß ihn aus der Gefahrenzone. Der Angriff verfehlte Darian, aber Tröpfchen der sprudelnden Säure trafen auf das rechte Bein des Dr'ynn. Tani setzte den Kampf sofort fort, aber er war jetzt deutlich langsamer und hinkte.

Das legte einen Schalter in Darians Gehirn um. Er konnte nicht tatenlos zusehen, wenn jemand verletzt wurde, um ihn zu beschützen. Er zog den Dolch des Dr'ynn und sprang auf den Rücken der Wanze, die ihn angegriffen hatte und die Tani immer noch das Leben schwer machte. Mit einem lauten Schrei stieß er nach unten und verlor fast den Dolch, als der in dem dicken Panzer stecken blieb. Darian lernte aus seinem Fehler, riss den Dolch heraus und griff nach einer Antenne. Die Klinge zerteilte sie wie Butter. Und dann verfiel er in eine Art Blutrausch. Er sprang von Wanze zu Wanze und säbelte jede Antenne ab, die er erreichen konnte. Der kleine Rest seines Gehirns, der noch rational dachte, war erstaunt und erfreut, dass ihn sein effizient konstruierter Körper nicht im Stich ließ. Irgendwie schaffte er es, den Kampf am Laufen zu halten, ohne verletzt zu werden. Bis Ayk ihn plötzlich packte und ihn vom Rücken einer Wanze riss. Darian wollte nicht loslassen, aber gegen die Kraft des Anubis kam er nicht an. Ayk warf ihn zurück in den Korridor, wo er unsanft landete. Wenigstens schaffte er es, sich dabei nicht mit dem Dolch selbst zu verletzen. Der Boden im Korridor war erfreulich wanzenfrei. Die Kleineren hatten es offenbar vorgezogen, einen sichereren Ort aufzusuchen.

»Lauf! Die erste funktionierende Tür, die du findest – schließ sie hinter uns.«

»Aber die Wanzen können sich einfach durchfressen.«

»Ja, aber so verlieren sie unseren Geruch. Vergiss nicht, sie verteidigen nur ihr Territorium.«

Darian hatte in der Tat in seinem Kampfrausch vergessen, dass die Wanzen nur Tiere waren, die ihr Nest gegen Eindringlinge verteidigten. Ohne ein weiteres Wort drehte er sich um und rannte den Korridor entlang. Ayk folgte ihm mit einem protestierenden Tani in den Armen.

Als sie eine hydraulische Tür erreichten, deren Steuerpult immer noch grünes Licht zeigte, ließ Darian Ayk passieren und drückte dann auf den Schließknopf. Ayk drückte Tani in Darians Arme: »Lauf weiter. Pass auf ihn auf. Ich warte ab, ob die Wanzen uns folgen.«

Tanis Bein war dort, wo die Säure Zeit gehabt hatte, sich durch das Gewebe zu fressen, eine Masse aus verbranntem Fleisch. Der Anblick war eindeutig geeignet, Alpträume auszulösen.

Darian steckte den Dolch weg und ohne sich weiter darum zu kümmern, ob der Dr'ynn berührt werden wollte oder nicht, legte er sich Tanis Arm über die Schulter.

»Kannst du laufen?«

»Natürlich. Die Verletzung ist nicht so schlimm, wie sie aussieht. Lass uns von hier verschwinden.«

Entgegen seinen Worten stützte sich der Dr'ynn immer schwerer auf Darian, als sie vorwärts stolperten. Wie konnte jemand, der so schlank war und sich so elegant bewegte, so schwer sein?

Da keine andere Hilfe zur Verfügung stand, schleppte Darian Tani zum AutoDoc und legte ihn auf den Untersuchungstisch. Der AutoDoc startete automatisch einen Scanvorgang, war aber offensichtlich nicht mit einem xenomedizinischen Programm ausgestattet. Also zeigte er zuerst ein Wirrwarr sinnloser Daten und kam dann zu der für seinen künstlichen Verstand einzig logischen Schlussfolgerung und verkündete den Tod des Patienten.

Darian verfluchte die Maschine, die geizige Reederei und, weil er schon dabei war, auch gleich noch den Hersteller des AutoDocs. Dann durchsuchte er sein Gehirn nach Wissen über die Anatomie der Dr'ynn – und fand rein gar nichts. Äußerlich sahen Dr'ynn menschlich aus, aber ihre Organe und Körperchemie waren völlig anders. Die meisten Humanmedikamente würden vermutlich mehr schaden als helfen.

Tanis Stimme riss Darian aus seinen hektischen Gedanken: »Spül einfach die Säure ab und versiegel die Wunde. Das wird reichen, wirklich.«

»In Ordnung.«

Darian riss wahllos Schubladen heraus. Das Inventarverzeichnis befand sich im zur Zeit nicht hilfreichen AutoDoc. Schließlich fand er eine große Flasche Kochsalzlösung und fing an, Tanis Bein zu reinigen. Beim Anblick des teils zerfressenen, teils aufgequollenen Fleisches wurde Darian übel, aber er spülte weiter, bis die Flasche leer war. Dann fand er einen einfachen Sprühverband und zeigte ihn Tani, der ihm zunickte. Darian war gerade fertig geworden, als Ayk sich durch die Tür manövrierte und Tani hochhob. Der Dr'ynn hatte während der Prozedur geschwiegen, aber seine Haut war zu einem ungesunden goldenen Farbton verblasst. Er protestierte nicht länger gegen das Getragenwerden.

»Keine weiteren Wanzen. Darr'en, lass uns in dein Quartier gehen.« Ayks Stimme war harsch und knurrend, er klang – wütend?

Als sie die Wärme von Darians Quartier erreichten, legte Ayk Tani auf die Dämmmatte, die Darian als Bett diente. Ayk richtete sich, soweit es der Raum zuließ, zu seiner beachtlichen Größe auf und warf den beiden einen strengen Blick zu: »Tani, ich hole deinen Medizin-Koffer aus unserem Quartier. Dann werde ich mit dem Kapitän sprechen.«

Ayk zog seine Lefzen hoch und zeigte seine beeindruckenden Zähne in einer universell verständlichen Geste.

»Diesmal wird er mir zuhören. Das geht zu weit.«

Er legte seine Pfoten auf Darians Schultern und drückte ihn nach unten.

»Ihr zwei – hierbleiben.«

Ayk leckte Tani mit seiner langen Zunge über die Nase, dann tat er dasselbe bei Darian und stürmte hinaus.

Verblüfft sah Darian dem Anubis nach: »Was ist mit ihm los? Ich meine, ich verstehe, dass er wütend ist, aber er scheint richtig verstört zu sein.«

Tani schnalzte schwach mit der Zunge und wischte sich den Anubisspeichel von der Nase.

»Die Kultur der Anubis ist matriarchalisch. Die Männchen ziehen den Nachwuchs auf. Ayk fühlt sich für mich verantwortlich und jetzt, fürchte ich, auch für dich. Uns in Gefahr zu sehen, hat seinen Beschützerinstinkt zum Vorschein gebracht.«

»Du meinst, er hat – ähm – väterliche Muttergefühle?«

»Ja, wir sind klein und haarlos wie die Neugeborenen seiner Rasse. Auf seiner Heimatwelt würde er im Falle einer Gefahr instinktiv die Welpen zusammentreiben und in einer Höhle in Sicherheit bringen.«

»Großartig.«

Ayk hatte Darian zwar keine andere Wahl gelassen, aber er musste sich eingestehen, dass er für die Ruhepause dankbar war, jetzt wo der Adrenalinrausch nachließ. Besorgt sah er Tani an: »Wie geht es dir?«

»Ich werde überleben.«

»Es tut mir leid, dass ich erstarrt bin und du mich beschützen musstest.«

Tani zuckte mit den Schultern. »Du hast dich gut gehalten, besonders wenn man bedenkt, dass du kein Kampftraining hast. Ich dachte, du würdest weglaufen.«

»Ich bin von mir selbst überrascht. Und du, du bist wirklich Historiker? Ich meine, so wie du kämpfst ...«

»Ich habe nur eine grundlegende Kampfausbildung, wie alle meiner Rasse.«

»Du meinst, alle Dr'ynn sind so ausgebildet?«

»Wenigstens. Hilft beim Überleben auf unserem Heimatplaneten und hat auch im Weltraum Vorteile.«

»Was du nicht sagst.«

»Wenn du einen ausgebildeten Kämpfer meiner Spezies in Aktion sehen würdest, würdest du den Unterschied zwischen ihm und mir sofort erkennen.«

»Ich hoffe, das werde ich nie.«

Sie warteten in kameradschaftlichem Schweigen, bis Ayk zurückkam und Tani einen kleinen Beutel überreichte: »Hier. Und jetzt spreche ich mit dem Kapitän. Darr'en, lade den Videobeweis auf mein Postfach hoch.«

»Soll ich nicht mitkommen?«

»Nein, jemand muss bei Tani bleiben, solange er sich nicht verteidigen kann. Und ich wurde schließlich als Kammerjäger angeheuert. Das ist meine Arbeit. Die ich nicht tun kann, wenn mir diese Menschen im Weg stehen.«

Insgeheim war Darian froh, dass er dem Kapitän nicht gegenübertreten und seine etwas zwielichtige Beteiligung erklären musste. Schnell bearbeitete er das Video, wobei er sowohl den ersten Teil im Kontrollraum ausließ, als auch den letzten Teil, nachdem der Kampf begonnen hatte und alles nur noch verschwommen war.

»Okay, ich habe es hochgeladen. Ich hoffe, der Kapitän wird dir zuhören.«

»Beiß ihm keine Körperteile ab, die er noch brauchen könnte«, sagte Tani.

Darian sah zu, wie der Anubis den Raum verließ, sein dunkles Fell von silbrigem Wanzenschleim verfilzt.

»Kann er wirklich Gliedmaßen abbeißen?

»Sicher, mit Leichtigkeit. Aber keine Sorge, Anubis finden, dass Menschen schlecht schmecken.«

Während Darian mit Ayk beschäftigt gewesen war, hatte Tani seinen Medizinkoffer durchsucht. Nachdem er einen Druckinjektor auf einer nackten Hautstelle verwendet hatte, sah er entspannt und etwas schläfrig aus.

»Kann ich dir bei etwas helfen?«

»Nein. Ich kann nicht viel tun. Das ist nur eine einfache Erste-Hilfe-Ausrüstung. Die Medikamente beugen einer Entzündung vor und ich habe mir eine großzügige Dosis Schmerzmitteln verpasst. Mit dem Rest kommt mein Körper zurecht. Aber du könntest mich ablenken und mir eine Frage beantworten.«

»Frag.«

»Wie hast du deine Augen bekommen?«

»Wie bitte?«

»Deine Augen erinnern mich sehr an die eines Dr'ynn. Jemand, der meine Rasse tatsächlich kennengelernt hat, hat sie dir gegeben. Sie waren der Grund, warum ich sofort wusste, dass du ein GenOpt bist. Seitdem bin ich neugierig, woher du sie hast.«

Tani hatte Recht. Wenn Darian das Aussehen seiner Augen unvoreingenommen betrachtete, war die Ähnlichkeit unheimlich. Seine Mutter musste diesen Teil seiner Genetik von den Dr'ynn geborgt haben.

»Ich verstehe. Aber warum fragst du mich gerade jetzt danach?«

»Um mich davon abzulenken, dass ich außer Gefecht gesetzt hier herumliegen muss – was ich gar nicht mag.«

»Okay«, sagte Darian und deutete auf sein Gesicht. »Das war die Idee meiner Mutter. Sie war die Bioingenieurin, die mich erschaffen hat. Meine Mutter wurde auf dem Planeten Evergreen geboren, also hat sie dort vielleicht mit Mitgliedern deiner Rasse zusammengearbeitet.«

Der letzte Teil von Darians Aussage basierte auf einer Vermutung. Das Terraforming des Planeten Evergreen war eines der Aushängeschilder der menschlichen Rasse. Gerüchten zufolge war das Projekt deswegen so erfolgreich, weil sich eine Gruppe von Dr'ynn bereit erklärt hatte, den Hauptteil der Arbeit zu übernehmen. Sie hatten keine Anerkennung dafür beansprucht und es gab auch keine offiziellen Aufzeichnungen darüber, was genau sie getan hatten.

Tani nickte, ohne zu zögern: »Das klingt plausibel. Eine Gruppe von Dr'ynn lebt immer noch auf dem Planeten. Sie haben sich in ihre Arbeit verliebt und wollen die weitere Entwicklung beobachten. Es ist gut möglich, dass deine Mutter einige von ihnen getroffen oder sogar mit ihnen gearbeitet hat.«

»Sie hat deine Rasse mir gegenüber nie erwähnt. Bis du es gerade bestätigt hast, war ich mir nicht einmal sicher, ob auf Evergreen wirklich noch Dr'ynn leben.«

»Ich bin mir deswegen sicher, weil ich einer der Historiker bin, der von der Hilfe der Dr'ynn beim Terraforming profitierten. Meine Spezies hat zugestimmt zu helfen, um Zugang zu Far Reach Archiven zu erhalten. Die befinden sich im Öko-Protektorat der Erde. Es ist extrem schwierig, eine Genehmigung für einen Zugang zu bekommen.«

»Ich habe noch nie von diesen Archiven gehört. Aber warte, das muss – was, vor fast zweihundert Jahren gewesen sein? Wie alt bist du?«

»Gilt es bei den Menschen nicht als unhöflich, nach dem Alter einer Person zu fragen?«

»Nur wenn du eine Frau wärst. Also?«

»Wir sind eine langlebige Rasse. Erzähl mir mehr von deiner Mutter.«

Tanis Augen hatten zu funkeln begonnen. Darian hatte das deutliche Gefühl, dass der Dr'ynn glaubte, eine faszinierende Geschichte entdeckt zu haben.

»Okay, kann ich, wenn du willst. Aber ich bezweifle, dass du das sehr interessant finden wirst. Meine Mutter hat Evergreen in ihrer Jugend verlassen und ist meines Wissens nach nie wieder zurückgekehrt. Aber sie schien ihren Geburtsplaneten immer zu vermissen. Wie alle auf Evergreen Geborenen hatte sie eingebettete Phytosymbionten für eine erhöhte Widerstandskraft gegen die Viren und Pilze dort, und daraus resultierend grüne Haut und Haare. Ich hatte bisher angenommen, dass das der Grund war, warum sie mir grüne Augen gegeben hat.«

»Aber sie selbst hat es dir nie so gesagt?«

»Nein. Meine Mutter hat nicht viel über ihre Vergangenheit gesprochen. Ihre eigentliche Spezialität waren gentechnisch veränderte Pflanzen, angepasst an die Umweltbedingungen auf meiner Heimatwelt. Ich war der einzige genoptimierte Mensch, den sie erschaffen hat. Als mein Vater einen Sohn wollte, entschied er sich für eine Optimierung. Ich weiß nicht, was damals genau passiert ist, aber ich glaube, sie hatten eine ziemliche Diskussion über dieses Thema. Am Ende akzeptierte meine Mutter, aber nur unter der Bedingung, dass sie diese selbst durchführen würde. Sie hat ein Jahr für die Optimierung gebraucht, und dann hat sie mich auf natürliche Weise ausgetragen. Ich fürchte, das ist alles, was ich darüber weiß.«

Tani dachte kurz über Darians Worte nach: »Was ich noch nicht verstehe, ist, warum sie sich entschieden hat, dir Augen zu geben, die wie ein Leuchtsignal für meine Rasse wirken. Okay, die Farbe kann ich verstehen. Evergreen ist, wie der Name schon sagt, grün und bewaldet. Und meine Rasse weist eine große Varianz verschiedener Augenfarben auf, so wie die Menschen. Was mich verwirrt, ist ihre Form und wie sie in dein Gesicht gesetzt sind. Für deine Rasse mögen sie exotisch aussehen, aber für mich sind sie beunruhigend vertraut. Was für ein Mensch ist deine Mutter?«

Darian lächelte traurig: »War. Eine passionierte Wissenschaftlerin. Eine gute Mutter. Meistens machte es Spaß, Zeit mir ihr zu verbringen. Aber es gab auch Zeiten, in denen sie in sich gekehrt und in nachdenklicher Stimmung war. Manchmal denke ich, dass ich sie nicht wirklich gekannt habe. Und ja, gelegentlich frage ich mich, warum zum Teufel sie mich so erschaffen hat. Sie muss einen Grund gehabt haben. Aber ich habe keine Ahnung, was für einen. Sie ist gestorben, als ich noch ein Kind war. Also bin ich nie dazu gekommen, sie danach zu fragen.«

Darian schloss abrupt den Mund, überrascht von sich selbst. Normalerweise war er mit seiner Vergangenheit nicht so offen. Andererseits hatte Tani ihm eine unerwartete Einsicht in sein biologisches Erbe gegeben.

Tani schien für eine Sekunde auf etwas zu lauschen, dann schien er bereit, das Thema loszulassen. Darian versuchte, sich von seinen düsteren Gedanken abzulenken: »Möchtest du eine Geschichte über Piraten hören?«

Tani lachte und benutzte die menschliche Geste wohl, um Darian entspannter zu machen: »Erzähl.«

Darian begann Tani von seinem Abenteuer an Bord der *Prospero* zu erzählen.

Auf halbem Weg durch die Geschichte kam Ayk zurück in den Raum und setzte sich sichtlich verärgert hin: »Erzähl ihm keine Geschichten Darr'en, oder Tani wird niemals Ruhe geben.«

»Wie ist es mit dem Kapitän gegangen?«

»Er war wie erwartet nicht glücklich. Weder über mich noch über die Wanzen. Aber immerhin hat er zugestimmt, sofort mit einem Luftaustausch zu beginnen. Das wird uns etwas Zeit verschaffen. Ich bin mir nicht sicher, ob uns die Crew beim Kampf gegen die Wanzen helfen wird. Der Kapitän sagte, er werde darüber nachdenken.«

»Das bedeutet übersetzt nein, Ayk.«

»Das habe ich befürchtet. Tani, schlaf! Darian, du kannst dich auch ausruhen, du riechst müde. Ich halte Wache. Ich traue den Wanzen nicht.«

Ayk ließ sich vor dem Eingang nieder und füllte dabei den größten Teil des kleinen Raums aus. Mit einem sanften Bellen entspannte er seinen großen Körper, zufrieden, dass er die Welpen, oder als was auch immer er sie sah, sicher unter seinen Fittichen hatte.

»Aber Darian hat seine Geschichte noch nicht fertig erzählt«, raunzte Tani.

»Das kann er auch später tun, wenn du dich ausgeruht hast.«

»Er hat mir auch von seinen Augen erzählt.«

»Ja, sie sind ungewöhnlich. Menschen sehen für mich immer alle gleich aus, glücklicherweise kann ich sie leicht am Geruch unterscheiden. Aber Darian kann ich an seinen Augen erkennen. Sie erinnern mich an Quizz. Und jetzt will ich kein Wort mehr von dir hören. Schlaf!«

Darian musste grinsen. Quizz war ein giftgrünes, stark alkoholisches Getränk, das aus Wurzeln einer Pflanze hergestellt wurde, die auf der Heimatwelt der Anubis wuchs. Wie die meisten Laster hatte die Menschheit es schnell übernommen. So viel zu Grün-wie-der-Wald-auf-Evergreen. Auch die väterlichen Instinkte des Anubis waren ziemlich offensichtlich, jetzt wo er von ihnen wusste. Darian erinnerte sich an ähnliche Unterhaltungen mit seiner Mutter, wenn sie ihn ins Bett schickte. Seltsam getröstet zog er eine seiner Decken über sich und versuchte, eine bequeme Position auf dem Boden zu finden. Nachdem er erst den ganzen Tag Kabel geflickt, dann im Netz nach den Wanzen gesucht und sie anschließend in der Realität bekämpft hatte, war er rechtschaffen erschöpft. Trotz der unfreundlichen krabbeligen Nachbarn und der tristen Situation schlief er in Gegenwart des wachsamen Anubis problemlos ein.

Als Darian aufwachte, roch die Luft chemisch und abgestanden, frisch aus den Reservetanks. Tani hatte sich an seinen Rücken geschmiegt und wollte nicht loslassen, als Darian anfing, sich zu bewegen. Ayk hob den Kopf und beobachtete Darian, als der versuchte, sich von dem Dr'ynn zu lösen.

»Tani, lass los«, grummelte Darian. »Was ist los mit dir? Zuerst willst du nicht berührt werden und jetzt bist du anhänglich wie eine kletonische Klette.«

Tani brummte: »Du bist warm.«

Er vergrub seinen Kopf in Darians Nacken und schien wieder einzuschlafen.

»Dein Verhalten sendet wirklich falsche Signale aus. Menschen tun das nicht, wenn sie sich nicht sehr mögen.«

Ayk beobachtete sie neugierig: »Die Dr'ynn schlafen lieber in Gruppen, wenn sie innerhalb ihrer Familie sind. Aus der Schiffsmediathek habe ich gelernt, dass sich Menschen in intimen Situationen auch ein Bett oder eine Couch teilen. Oder alle möglichen anderen Möbel, obwohl ich nicht verstehe, warum. Die meisten scheinen mir ziemlich unbequem. Ist das der Beginn einer solchen intimen Situation?«

»Was? Nein! Ayk, hör auf, Pornos in der Mediathek zu schauen. Die haben nichts mit der Realität zu tun.«

»Aber manchmal, wenn ein Mensch beim Werberitual nein sagt, meint er eigentlich ja.«

Jetzt hatte Darian wirklich genug. Er schob Tani weg und stand auf.

»Aber jetzt gerade bedeutet nein genau das: nein. Ich mache uns Frühstück. Könnt ihr menschliche Nahrung essen?«

»Ich ziehe es vor, es nicht zu tun, aber ich kann sie verdauen. Tani auch. Aber bist du dir sicher mit dem Nein? Ich fände es unterhaltsam, das Balzverhalten einer beginnenden Romanze zu beobachten.«

Darian seufzte: »Wir stecken definitiv schon zu lange auf diesem Schiff fest. Ja, ich bin mir sicher mit dem Nein. *Und* wir werden nicht wieder darüber sprechen.«

Darian ließ einen enttäuscht aussehenden Ayk zurück und ging zuerst zu den Sanitäranlagen und dann zur Kombüse. Als er zurückkam, stellte er das Essen zwischen sie.

»Hier. Kaffee?«

Ayk schüttelte den Kopf. Tani nahm einen Schluck und rümpfte dann die Nase: »Der schmeckt widerlich.«

»Warum trinkst du ihn dann?«

»Oh, ich mag Kaffee. Es ist nur – das hier.«

Darian probierte den Kaffee selber und verzog angewidert das Gesicht.

»Du hast recht, der ist grauenvoll.«

»Als wir das menschliche Territorium betraten, haben wir schnell herausgefunden, dass Kaffee eine der besten Errungenschaften der Menschheit ist. Einer der wenigen Verträge, die wir abgeschlossen haben, bei denen es nicht um Informationen ging, war die Beschaffung einer Probe einer Original-Kaffeepflanze aus einer Samenbank. Wir haben sie an die aktuellen ökologischen Bedingungen angepasst und dann wieder verkauft.«

»Clever.«

Darian hatte das letzte Mal in seinen Teenagerjahren echten Kaffee getrunken. Jetzt überstieg das sein Budget bei weitem. Er hatte keine Ahnung gehabt, dass die Dr'ynn hinter diesem Teil des Rekultivierungsprogramms für alte Arten standen. Er gewann langsam den Eindruck, dass diese Spezies ihre Finger in mehr Projekten hatte, als die Menschheit realisierte, zu eifrig damit beschäftigt, den Profit oder den Ruhm zu beanspruchen, den die Dr'ynn nicht wollten.

Nach dem Frühstück sah Darian die beiden Außerirdischen an: »Was nun? Ich sollte wieder an die Arbeit gehen, aber das scheint mir irgendwie sinnlos. «

»Wir haben das gleiche Problem«, Tani zuckte mit den Schultern. »Ich werde ein, zwei Tage keine Hilfe sein. Und selbst mit Ayks Kampfkraft ist es alleine zu gefährlich, die Wanzen zu jagen. Wir könnten versuchen, noch einmal mit der Crew über die Bekämpfung der Wanzen zu reden.«

»Du kannst es gerne versuchen, aber ich denke, der Kapitän hofft einfach, dass das Schiff zusammenhält, bis wir Perseus-Transit erreichen.«

»Wie weit sind wir noch entfernt?«

»Ungefähr eine Woche.«

»Möglicherweise haben wir genug von den großen Wanzen getötet, um den Bevölkerungsdruck zu verringern. Durch den Luftaustausch wurde der Pheromonspiegel gesenkt, das sollte auch helfen. Wir können nur hoffen«, sagte Tani.

Aussagen wie diese betrachtet das Schicksal als Herausforderung. Und das Schicksal liebt Herausforderungen. Ein leises Schaudern ging durch das Schiff, als es aus der Raum-Zeit Blase fiel und dann war alles totenstill.

Stille an Bord eines Raumschiffs war immer ein sehr schlechtes Zeichen. Darian warf einen Blick auf seinen PortaComp. Das Funknetz war ausgefallen. Der nächste Netzwerkzugang war in dem sekundären Kontrollraum. Bevor die beiden Außerirdischen reagieren konnten, war Darian schon auf den Beinen und rannte in Richtung des Kontrollraums.

Zu Darians Erleichterung zeigten die Kontrollen an, dass zumindest Teile des Netzwerks noch funktionierten. Er ließ sich in den Sessel vor der Konsole fallen, drückte den Cyberlink an seine Schläfe und bemerkte erst dann, dass er vergessen hatte, seinen PortaComp dazwischen zu schalten, um seine Identität im Netz zu maskieren. Glücklicherweise traf er nur auf den sekundären Prozessor des Kontrollraumes, der in einer logischen Schleife gefangen war. Die

Verbindung zum zentralen Hauptcomputer war gekappt. Vom sonst allgegenwärtigen Gehirn des Schiffes war nichts zu spüren. Und dann wurde Darian bewusst, dass das keineswegs ein Glücksfall war. Es war eine Katastrophe. Selbst bei einem Notfall hätte der Hauptcomputer noch Routinen in den sekundären Computern starten und die Situation einzudämmen versuchen müssen. Aber da war nichts. Darian fühlte sich wie in Eiswasser getaucht, als ihm bewusst wurde, was vermutlich passiert war. Er rief den Grundriss des Schiffs auf und durchsuchte die Schaltpläne nach Kabelkanälen, die zum Hauptcomputer des Schiffes führten. Einer der Kanäle lag nur zwei Räume vom Wanzen-nest entfernt. Als sie den Laderaum begutachtet hatten, hatten sich die Wanzen bereits in die Nebenräume und in die Kabelkanäle gefressen. An deren Ende hatten sie den Hauptcomputer gefunden. Der war für die Wanzen ein Fünfsterne-Menü. Die Albion war jetzt hirntot, anthropo-morph gesehen.

Darian meldete sich aus dem Netzwerk ab und sah Ayk, der ihm ins Gesicht starrte: »Darr'en, gut, dass du zurück bist. Gerade waren ein paar Vibrationen spürbar, die durch das Schiff liefen. Und eine Sirene heult.«

Darian hörte nichts, aber er vertraute auf die Ohren des Anubis. Er blinzelte, bis seine Augen nach seinem Besuch im Netzwerk wieder funktionierten, und versuchte, sich zu erinnern, wo es überhaupt Sirenen an Bord gab. Ihm fiel nur eine mögliche Antwort ein. Und er hoffte sehr, dass er sich irrte.

»Ayk, führ mich zum Alarm.«

Der Anubis zog sich rückwärts aus dem Raum zurück und hob den unglücklich aussehenden Tani auf, der draußen gewartet hatte. Dann hastete er, so schnell es ihm unter den Umständen möglich war, die Korridore entlang. Als sie den Ort erreichten, an dem die Sirene heulte, sah Darian seine

Befürchtung bestätigt. Er drückte auf den Knopf unterhalb und schaltete die Sirene aus. Sie hatte keinen Nutzen mehr. Die drei starrten auf die leeren Luken der Rettungskapseln. Ein sanft blinkendes Licht über ihnen verkündete: »Gestartet«.

Die Besatzung war angesichts des toten Zentralcomputers in Panik verfallen und hatte das Schiff evakuiert. Aber in den Kapseln war kein Platz für die drei zusätzlichen Crewmitglieder. Also hatte man sie zurückgelassen.

Ayk schlug so heftig gegen die Wand, dass er eine Delle im Metall hinterließ.

»Haarlose Stinker! Tut mir leid, Darr'en.«

»Kein Problem. Im Moment bin ich auch nicht gut auf den Rest meiner Spezies zu sprechen.

»Was jetzt? Scheint, als säßen wir drei auf einem dem Untergang geweihten Schiff fest.«

Tani sah blass aus, entweder weil er so herumgeschüttelt worden war oder wegen der Situation, in der sie sich befanden.

Darian schüttelte die Lähmung ab, die ihn überkommen hatte: »Noch sind wir nicht tot.«

Ayk legte den Kopf schief: »Glaubst du wirklich, dass wir hier lebend rauskommen?«

»Die meisten Maschinen sind noch intakt. Im Moment ist das Schiff eine Perlenkette, bei der jemand den Verbindungsfaden durchgeschnitten hat. Wir müssen den Faden flicken und die Perlen wieder auffädeln. Zugegeben, das wird schwierig. Einige der nötigen Funktionen zum Fliegen des Schiffes sind sicherlich für immer verloren. Sie sind zu abhängig vom Hauptcomputer. Aber vielleicht finden wir Behelfslösungen. Aber selbst dann wird es nicht einfach sein. Ich werde eure Hilfe brauchen.«

Tani legte den Kopf schief und schien wieder auf etwas zu lauschen, das nur er hören konnte. Als er sprach, klang er überrascht: »Du sagst die Wahrheit. Wenn du die Hoffnung nicht aufgibst, werde ich es auch nicht.«

Einer Vermutung folgend, die auf einem weiteren Gerücht über die Dr'ynn beruhte, fragte Darian spontan: »Bist du ein Telepath?«

Bevor Tani reagieren konnte, beantwortete Ayk die Frage: »Nein, die Dr'ynn sind Empathen.«

Tani starrte den Anubis an: »Danke, dass du mit unserem Geheimnis herausgeplatzt bist. Jetzt muss ich Darian töten.«

»Das täte mir leid, Tani. Abgesehen davon, dass das Schiff das wahrscheinlich sowieso für dich erledigen wird, mag ich Darr'en, also würde es mich ziemlich unglücklich machen, wenn du ihn tötest.«

»Das war ein Witz, Ayk. Entspann dich. Und Darian hat genug eigene Geheimnisse zu hüten. Er wird diese Informationen nicht an die Medien weitergeben, richtig?«

Darian nickte schnell, nicht sicher, ob der Dr'ynn wirklich nur gescherzt hatte. Und woher wusste Tani, dass es Dinge in seiner Vergangenheit gab, die er verbergen wollte? Achselzuckend konzentrierte sich Darian auf ihre aktuelle Situation: »Können wir anfangen? Zeit ist von entscheidender Bedeutung.«

Ayk schnaubte scharf: »Wir folgen dir, Darr'en.«

Darian eilte zum Maschinenraum, genauer gesagt zu dessen Hauptkontrollraum. Die Brücke war zu abhängig vom Hauptcomputer und die vertraute Technik im Maschinenraum war ohnehin mehr sein Revier.

Auf ihrem Weg sahen sie überraschend wenige Wanzen und alle waren klein.

Darian zeigte auf sie: »Tani, heißt das, sie haben noch nicht angefangen zu schwärmen?«

»Ich denke nicht. Wir atmen noch und es gab keine explosive Dekompression. Wir sind also nicht in unmittelbarer

Gefahr. Ich vermute, dass es nur Zufall und verdammtes Pech war, dass sie den Hauptcomputer gefunden haben.«

»Ja, Pech und Willy, der seinen fetten Hintern nicht gehoben hat, um die Dinge persönlich zu überprüfen. Wie finden die Wanzen neue Futterplätze?«

»Die Larven fungieren als Späher und hinterlassen eine Pheromonspur für die anderen, sobald sie eine schmackhafte Ressource gefunden haben.«

»Schmackhaft wie etwa einen großen Haufen Kabeln?«

»Richtig. Worauf willst du hinaus?«

»Wir haben die Wanzen bislang immer als Feinde betrachtet, die uns angreifen. Aber wie du gesagt hast, sind sie einfach nur Tiere. Sie wählen ihre Ziele nicht bewusst aus, sondern nehmen, was sie finden.«

Ayk rollte die Zunge: »Du willst die Wanzen mit Dingen füttern, die wir nicht brauchen.«

Tani grinste jetzt auf menschliche Art: »Wir sorgen also dafür, dass sie beschäftigt, glücklich und vollgefressen sind. Ich finde den Plan gut. Zu versuchen, sie mit Blockaden im Zaum zu halten, wäre sowieso sinnlos.«

»Ich weiß noch nicht, wie wir es machen werden, aber je besser wir die Wanzen füttern, desto länger leben wir. Wenn sie ausschwärmen, um neues Futter zu suchen, durchbohren sie die Hülle und dann sind wir tot, da wir keine Raumanzüge haben.«

Ayk knurrte nachdenklich: »Ich habe eine Idee. Vielleicht kann ich einige der Larven aufheben und an unkritische Stellen bringen. Sobald sie herausfinden, dass sie sich in einem Futterparadies befinden, werden sie es dem Nest melden. Ich kann ihre Pheromonspuren riechen, also werde ich wissen, ob es funktioniert.«

»Du kannst deine Theorie testen, nachdem wir die Situation im Hauptkontrollraum, überprüft haben. Ich muss erst überlegen, wo wir die Wanzen zum Essen hinschicken.«

In Willys ehemaligem Reich empfing sie ein Chaos aus rot blinkenden Lichtern und piepsenden Alarmen. Darian schob Willys Müll beiseite und machte sich an die Arbeit. Ayk setzte Tani ab und machte es sich in Willys extra breiten Stuhl bequem. Er genoss es sichtlich, dass ausnahmsweise ein Menschen-Möbelstück groß genug für ihn war. Die beiden beobachteten Darian schweigend, während er sich durch den Raum arbeitete, Alarme ausschaltete, Ausfallroutinen aktivierte und den Sekundärcomputer im sicheren Modus neu startete. Nach einer Stunde herrschte wieder Stille und Darian wandte sich an die beiden Außerirdischen.

Ayk rollte mit der Zunge: »Wenn die Situation nicht so trostlos wäre, würde ich glauben, dass du dich amüsierst. Wie geht es dem Schiff?«

Darian zuckte mit den Schultern: »Wie erwartet gibt es gute und schlechte Nachrichten. Beginnen wir mit den schlechten. Zusammen mit dem Hauptcomputer haben wir die Kommunikationssoftware verloren. Wir können also niemanden darüber verständigen, dass wir in Schwierigkeiten sind. Ein SOS-Sender wurde aktiviert, als die Kapseln ausklinkten, aber das ist nur ein normaler Funksender. Die Wahrscheinlichkeit, dass jemand diesen Notruf vor unserem Ableben erhält, ist null. Noch schlimmer ist, dass auch die Navigationssoftware weg ist. Ohne diese können wir weder herausfinden, wo wir uns befinden, noch einen Kurs in Sicherheit planen. Wir müssen also eine andere Lösung finden. Daran führt kein Weg vorbei. Vielleicht kann ich einen der Sekundärcomputer umprogrammieren. Zusätzlich benötigen wir die Sensoren, um unsere aktuelle Position zu bestimmen. Technisch sind die Sensoren in Ordnung, aber ich kann sie ohne Navigationssoftware nicht ansprechen. Folglich befinden wir uns derzeit im Blindflug. Wenn wir eine Sonne oder ein großes Objekt treffen, werden wir das erst im Jenseits bemerken. Aber wenigstens ist die Statistik in diesem Fall auf unserer Seite. Die Repulserschilde sind größtenteils intakt, sodass kleine Trümmer keine Gefahr darstellen. Jetzt die gute Nachricht. Der Antimaterie-Reaktor und der Raum-Zeit Sprungantrieb sind unversehrt. Weder die Wanzen noch der plötzliche Ausfall des Hauptcomputers haben ihnen geschadet. Als der Hauptcomputer ausgefallen ist, haben sie sich notabgeschaltet und ich konnte sie jetzt in den Standard-Ruhezustand versetzen. Um aus diesem Schlamassel herauszukommen sind sie unabdingbar. Tani, du hast gesagt, dass die Käfer die Frequenzen nicht mögen, die der Reaktor und der Sprung-Antrieb aussenden? Kannst du herausfinden, welche Wellenlängen genau?«

»Ja, aber dazu brauche ich meinen Computer. Was ist mit den Plasmatriebwerken?«

»Die sind leider hinüber. Die magnetische Abschirmung hat versagt. Wir, die Wanzen und das Schiff würden spektakulär explodieren, wenn ich sie aktiviere. Zum Glück brauchen wir sie nicht. Wir behalten die Austrittsgeschwindigkeit bei, die wir hatten, als wir aus der Raum-Zeit-Blase gefallen sind. Diese sollte ausreichen, um einen Gleitsprung zu initiieren.«

Ein Gleitsprung war eine Notmaßnahme. Dabei wurde der Zielraum ohne Rücksicht auf den Antrieb auf das Schiff zugebogen. Es bestand eine nicht sehr hohe, aber doch vorhandene Chance, dass die überdehnte Raum-Zeit-Blase unkontrolliert kollabierte und das Schiff in Milliarden Partikel zersplitterte.

Tani sagte sarkastisch: »Also, wenn ich dich richtig verstehe, müssen wir im Grunde nur das kleine Problem der fehlenden Navigationssoftware lösen.«

Ayk fügte unglücklich hinzu: »Und dann müssen wir herausfinden, wie wir die Sensoren wieder zum Laufen bringen, damit wir herausfinden können, an welchem verlassenen Ort wir uns befinden.«

»Wäre es euch lieber, wenn ich doch die Plasmatriebwerke aktiviere?«

»Noch nicht, Darr'en.«

Tani stand auf und zuckte zusammen, als er das verletzte Bein belastete: »Ich hole meinen Computer.«

Ayk schnaubte in Tanis Richtung: »Schaffst du das?«

»Ja, sobald ich in der Schwerelosigkeit bin, geht es
schon. Geh und teste deine Wanzen-Theorie.«

Tani humpelte aus dem Raum. Sobald er außer Hörweite
war, fragte Darian Ayk: »Wie geht es ihm wirklich?«

»Er hat Schmerzen, aber er wird genesen. Der Körper
eines Dr'ynn hat erstaunliche Selbstheilungskräfte. Problematisch ist für ihn mehr der psychologische Faktor. Er
vermisst seine Familiengruppe. Das wirkt sich viel stärker
auf ihn aus, als wenn ein Mensch einen geliebten Menschen
vermisst. Eine Dr'ynn-Gruppe teilt eine empathische Bin-
dung und wenn jemand verletzt ist, wird er innerhalb der
Gruppe geschützt. Hier ist es sehr still für ihn, niemand ist
hier, um ihn zu unterstützen, außer uns.«

»Du hast mir nicht aus Versehen von der Empathie der
Dr'ynn erzählt, oder?«

Ayk rollte nur mit der Zunge: »Komm schon, sag mir,
wohin ich die Wanzen zum Fressen schicken soll.«

Nachdem er Ayk einige geeignete Orte gezeigt hatte,
ging Darian wieder an die Arbeit. Zuerst entlüftete er die
Wasserstofftanks der Plasmaantriebe. Wanzen bedeuteten
Kurzschlüsse und mit dem hochexplosiven Gas war das sonst
ein Unglück, das nur darauf wartete, zu passieren. Noch gab
es keinen Grund, sich durch Nachlässigkeit umzubringen.

Nachdem dieses Problem aus dem Weg geräumt war,
baute Darian eines der Modems für das zurzeit nutzlose
drahtlose Netzwerk ab. Mit Hilfe von Willys kleiner Werk-
statt baute er es so um, dass er es im sekundären Computer
hier in Willys Höhle installieren konnte, damit zumindest

der wieder über das Funknetzwerk erreichbar war. Darian war angenehm überrascht, dass Willys Werkzeuge noch fast wie neu waren. Einmal war Willys Faulheit von Vorteil.

Tani kam zurück, setzte sich und beobachtete Darian schweigend, bis der mit der Installation fertig war.

»Tani, kann dein Computer mit menschlichen Datenformaten arbeiten?«

»Ja, ich kann das Format meiner Daten konvertieren. Sag mir einfach den Netzwerk-Port für den Zugang.«

»Augenblick. Lass mich noch kurz ein Wörtchen mit dem Sekundärcomputer hier sprechen.«

Darian verband den Computer mit seinem PortaComp und loggte sich ein. Die Sicherheitsprotokolle waren durch den Verlust des zentralen Schiffcomputers stark geschwächt und leicht zu überwinden. Darian richtete den Computer als neuen Router für das drahtlose Netzwerk ein, anstelle des von den Wanzen zerfressenen Zentralcomputers. Nachdem er sich abgemeldet hatte, teilte er Tani die neuen Zugangsdaten mit und der Dr'ynn übermittelte eine Anzahl Frequenzschemata. Tanis Computer war etwa gleich groß wie Darians PortaComp, aber runder und organischer im Design.

Darian ließ den Sekundärcomputer die importierten Frequenzen durchlaufen und suchte nach einem Setup, das er implementieren konnte, ohne in die Steuerung für den Sprungantrieb oder den Antimaterie-Reaktor eingreifen zu müssen. Ohne dringenden Grund würde er an diesen beiden Anlagen nichts verändern. Sobald er ein passendes Diagramm gefunden hatte, wählte Darian die Frequenzen an und stand auf: »Ich gehe jetzt zur Sensoranlage. Ich will dort zur Sicherheit eine Verbindung mit dem drahtlosen Netzwerk einrichten, falls die Wanzen die Datenkabel dorthin verspeisen.«

Tani packte Darians Arm: »Nein, warte auf Ayk. Sicherheitshalber. Dort werden Wanzen sein und derzeit bist du und dein offenbar erstaunliches Wissen über menschliche Technologie das Einzige, was zwischen uns und dem sicheren Tod steht.«

Mit einem Seufzen stimmte Darian zu: »In Ordnung.«

Tani schnalzte mit der Zunge: »Es juckt dich genauso sehr, an deiner Technik herumzuschrauben, wie Ayk, mit den Wanzen zu spielen. Bis er zurückkommt, kannst du zur Ablenkung diesmal mir die Fragen stellen, die dir auf der Zunge brennen.«

Darian durchstöberte den Raum auf der Suche nach Kommunikatoren für das Funk-Netzwerk. Er konnte reden und trotzdem etwas Nützliches tun.

»Wie funktioniert dieses Empathie-Ding? Und warum stören dich meine Berührungen nicht mehr?«

»Um das eindeutig klarzustellen: Ich kann keine Gedanken lesen. Ich kann die Emotionen empfindungsfähiger Lebensformen spüren, das war's. Zwischen Mitgliedern meiner Spezies wird Empathie verwendet, um zusätzlichen Kontext in einem Gespräch zu vermitteln. Wie Menschen Gesichtsausdrücke bei sozialen Interaktionen verwenden oder Anubis Gerüche. Im Gegensatz zu den Anubis können wir diese Wahrnehmung durch mentale Schilde dämpfen. Glaub mir, du willst nicht ohne Schilde durch eine Menschenmenge gehen. Außerdem gilt es unter Dr'ynn als unhöflich, starke Emotionen auszustrahlen, wie zum Beispiel Wut.«

»Berührungen verstärken die empathische Wahrnehmung?«

»Ja. Körperlicher Kontakt ist zwischen den Angehörigen meiner Spezies sehr verbreitet. Menschen würden unseren Umgang untereinander als sehr körperbetont wahrnehmen. Berührungen werden verwendet, um Bindungen zu stärken. Zusammen mit der Empathie können sie Interaktionen zusätzliche Bedeutung verleihen. Alter oder Geschlecht spielen dabei keine Rolle. Die Berührungen haben selten einen sexuellen Kontext und das wird von Menschen oft missverstanden. Unser soziales Miteinander ist sehr offen und direkt. Es ist schwer, einen anderen Empathen zu täuschen. Im Gegensatz dazu erscheinen uns menschliche Emotionen komplex und vielschichtig. Für uns scheint ihr ständig Diskussionen mit euch selbst zu führen.«

»Wenn ein Mensch einen Dr'ynn berührt, dann schreit er ihm sozusagen seine Gefühle ins Gesicht?«

»Treffend ausgedrückt. Möchtest du die unkontrollierten Gefühle einer anderen Person in deinem Kopf haben?«

»Nein, das klingt furchtbar. Wie habt ihr die menschlichen Xeno-Soziologen dazu gebracht, den Eintrag über die Vermeidung von Körperkontakt ins Handbuch zu schreiben, ohne ihnen den Grund dafür zu verraten?«

»Sie konnten uns nicht beobachten, also mussten sie fragen. Wir haben ihnen gesagt, dass es für uns ein Tabu ist, von jemandem außerhalb der eigenen Familie berührt zu werden.«

»Ihr habt ihnen also praktisch euren eigenen Eintrag diktiert.«

»Wir ziehen es vor, das als kontrollierte Informationsweitergabe zu bezeichnen«, sagte Tani mit genauso falscher Empörung, wie Darian sie gezeigt hatte, als Ayk ihn des Hackens bezichtigt hatte.

»Wie auch immer, der Grund, warum es mir nichts mehr ausmacht, dich zu berühren, ist einfach. Ich habe mich an dich gewöhnt. Es gibt tief verborgene Unterströmungen, die durch dein emotionales System laufen. Aber du kontrollierst sie mit erstaunlicher Disziplin. Der Rest deiner Emotionen, der sich mit der aktuellen Situation befasst, ist recht direkt. Du sagst und tust genau das, was du denkst. Ich mag das.«

»Vielen Dank, denke ich. Es so formuliert zu hören, ist ein bisschen gruselig.«

Darian hatte eine Reihe noch verpackter Kommunikatoren gefunden. Er packte sie aus und konfigurierte sie für das neue Funknetzwerk, das nun nicht mehr vom Hauptcomputer gesteuert wurde, sondern vom Sekundärcomputer hier.

Ayk kehrte zurück und sah zufrieden aus: »Die Wanzen knabbern fröhlich am Medienzentrum. Ich denke, das wird unsere krabbelnden Nachbarn einige Zeit beschäftigen. Aber ab jetzt keine Pornos mehr, fürchte ich.«

Darian tauschte einen Blick mit Tani: »Was für ein Pech. Gut. Ayk, lass uns zur Sensoranlage gehen.«

Darian gab Tani einen der Kommunikatoren und setzte selber einen auf.

»Gib Bescheid, wenn die Sensoren anfangen Daten über das Funknetz des Sekundärcomputers zu übermitteln.«

Auf dem Weg trafen sie auf eine der großen Wanzen, aber Ayk erledigte sie schnell und sie waren schon wieder unterwegs, bevor ihre Geschwister auftauchen konnten.

Der Verbindung der Sensoranlage mit dem Sekundärcomputer im Kontrollraum der Schiffstechnik über das neue drahtlose Netzwerk war schnell eingerichtet, löste aber nicht das Problem der fehlenden Software. Ohne Navigationssoftware konnte der Sekundärcomputer die Daten, die er von den Sensoren erhielt, nicht interpretieren. Darian zermarterte seinen Kopf nach einer Lösung, um das fehlende Programm zu ersetzen. Aber es gab einfach keine. Er hatte weder die Fähigkeit noch die Ressourcen, um auch nur eine noch so simple Ersatzversion zu programmieren. Selbst wenn er es gekonnt hätte, die fehlenden Sternkarten konnte er auf keinen Fall ersetzen. Er hatte gehofft, dass es irgendwo eine Sicherheitskopie der Karten gab. Aber auch in diesem Fall war sich Haul'R'Us treu geblieben und hatte die Kosten für eine zweite Lizenz gespart und es gab keine Kopie.

Zum ersten Mal seit dem Ausfall des Hauptcomputers packte Darian Verzweiflung. Sie hatten einen funktionierenden Antrieb, funktionierende Sensoren, alle Hardware, um hier herauszukommen, aber es scheiterte an der fehlenden Software. Eine raue Zunge leckte über sein Ohr, ließ ihn auffahren und riss ihn aus seinen trübseligen Gedanken. Ayk stand über ihm. Seine Gefühle waren den sensiblen Sinnen seines Gefährten nicht verborgen geblieben.

»Du bist müde und hungrig. Wir werden morgen eine Lösung finden. Du hast zwölf Stunden am Stück gearbeitet. Ich hätte nie gedacht, dass es so langweilig sein kann, im Weltraum gestrandet zu sein.«

Darian blinzelte überrascht. Er hatte den Verlauf der Zeit nicht bemerkt, da er sich hauptsächlich innerhalb des Netzwerks aufgehalten hatte. Aber Ayk hatte recht. Trotz der drohenden Katastrophe knurrte Darians Magen und der Schmerz hinter seinen Augen sagte ihm, dass sein Gehirn dringend eine Pause von den Aufenthalten im Netzwerk brauchte. Er stand auf und versuchte, seinen Muskeln vorsichtig mit Dehnen und Strecken wieder etwas Leben einzuhauchen.

»Okay, ich denke, ein paar Stunden spielen keine Rolle. Bislang ist die Situation stabil.«

»Lass uns in unser Quartier gehen, Darr'en. Dort ist es sicherer. Keine Wanzen.«

»Okay, aber zuerst noch in die Kombüse und meine Sachen holen.«

Sie durchsuchten die Kombüse nach Fertiggerichten und nachdem Darian seine wenigen Habseligkeiten in seinen Rucksack gepackt hatte, machten sie sich auf den Weg zum hintersten Teil des Schiffes.

Darian war trotz seiner Müdigkeit neugierig auf diesen Teil des Frachters, den er noch nicht gesehen hatte. Als sie dann die große, hohe Halle ganz am Ende des Schiffes betraten, ließ er verblüfft seine Sachen fallen. Massive Metallsäulen, die in einem hässlichen Olivgrün gestrichen waren, strebten in die Höhe und bildeten zusammen mit Kreuzstreben ein kompliziertes Muster. Der Raum war so tief, dass Darian das Ende nicht sehen konnte. Dicke Nieten verbanden Säulen und Streben und flache Mulden im Boden zeugten davon, dass hier einst schwere Maschinerie installiert gewesen war.

Darian sagte staunend: »Der Teil hier muss an die zweihundert Jahre alt sein, vermutlich um die Wende vom zweiten zum dritten Raumfahrtzeitalter gebaut.«

Das erste Raumfahrtzeitalter war alles vor der Erfindung des Negative-Materie-Antriebs. Während des zweiten Zeitalters hatte die Menschheit, die sich der neuen Technologie noch nicht allzu sicher war, ihre Schiffe extra sicher und so robust wie möglich gebaut. Erst im Laufe der Zeit war dies als überflüssig erachtet worden. Schließlich führte die Entwicklung zu den reduzierten und deutlich billigeren Designs der heutigen Zeit, dem dritten Zeitalter.

Ayk richtete sich zu seiner vollen Größe auf und streckte sich genüsslich. »Oben gibt es noch abgetrennte Räume, aber die sind auch alle leer. Wobei, zwei davon sind versiegelt, also wissen wir nicht, ob in denen etwas drinnen ist.«

»Ich denke, das hier ist das ursprüngliche Schiffsegment. Als es veraltet war, haben sie einfach ein neues an das damals hintere Ende des Frachtgitters montiert.«

Der Übergang zwischen dem Frachtgitter und dem jetzigen Schiffssegment war Darian schon zuvor nicht sehr durchdacht vorgekommen. Frachter der Maultierklasse schleppten ihre Frachtabschnitte hinter sich her. Als das Schiff modernisiert wurde, hatte also nichts dagegen gesprochen, den neuen Schiffsteil und Antrieb einfach an das freie Ende des Frachtteils zu montieren. Das alte Schiffsegment wurde als stabilisierendes Element belassen wo es war und das Geld für die Verschrottung gespart.

Darian sah sich aufgeregt um: »Das hier muss das Maschinendeck gewesen sein. Wie komme ich nach oben? Ich will die verschlossenen Räume sehen.«

»Dort drüben ist eine Leiter. Und du bist nicht besser als Tani, Darr'en, wirst wegen altem Zeug ganz sentimental.«

»Das ist ein faszinierender historischer Fund aus der menschlichen Vergangenheit! Abgesehen davon finde ich vielleicht einige nützliche Teile.«

»Dann geh, wir sind da drüben.«

Ayk deutete auf eine Stelle zwischen den Säulen. Irgendwann im Lauf der Zeit war der Raum als Depot genutzt worden und verstreut lagen noch leere Kisten und Fässer herum. Mit ihrer Hilfe hatten sich die beiden Außerirdischen einen improvisierten Unterschlupf gebaut und mit einer alten Plastikplane bedeckt, um die Kälte abzuhalten. Die Temperatur war hier noch etwas niedriger als in den Röhren.

»Ist die Halle an das Lebenserhaltungssystem angeschlossen?«

»Gerade noch so. Sie ist auch mit dem nächstgelegenen Stromgenerator in den Frachtgitter-Röhren verbunden. Und weil du es erwähnt hast, wie steht es um das Lebenserhaltungssystem?

»Gut, bis jetzt. Es läuft aus Sicherheitsgründen autark vom Rest der Schiffstechnik, sodass der Verlust des Hauptcomputers es nicht beeinträchtigt hat. Aber wenn die Wanzen es finden und fressen, können wir nichts tun. Andererseits werden wir mit nur drei Personen nicht ersticken. Und wir sind entweder gerettet oder tot, bevor Dinge wie Abfallrecycling eine Rolle spielen. Nur die Kälte könnte problematisch werden.«

Darian ließ die beiden zurück und wanderte durch die Säulen, bis er die Leiter nach oben fand. Nicht wirklich

Weltraumzeitalter-Technologie, aber sie erfüllte nach zweihundert Jahren immer noch ihren Zweck.

Am oberen Ende der Leiter fand er einen Korridor mit mehreren unbeleuchteten, leeren Räumen auf beiden Seiten und zwei versiegelten Türen. Zwischen den Türen klebte ein Blatt Papier an der Wand, auf dem etwas auf Englisch geschrieben stand. Darian verwendete seinen PortaComp, um den Text in Human-Standard zu übersetzen. Der Text informierte darüber, dass die Räume hinter den Türen in einer Stickstoffatmosphäre konserviert worden waren, und gab Anweisungen, wie ein Luftaustauschzyklus gestartet werden konnte, um die Versiegelung zu entfernen. Darian machte mit seinem PortaComp ein Foto von der grob gezeichneten Karte unter dem Text und begab sich auf die Suche nach dem darin eingezeichneten Schaltkasten. Er fand ihn am unteren Ende der Leiter, ein Detail-Schaltplan war auf die Innenseite des Deckels geklebt. Darian hatte einige Kurse in klassischer Elektronik besucht, aber das war lange her. Nach einer peinlich langen Zeit fand er heraus, was zu tun war.

Er schloss mehrere abgeklemmte Drähte wieder an und schob dann die Sicherungsblöcke wieder hinein, um den Stromfluss wiederherzustellen. Uralte Maschinen innerhalb der Wandpaneele erwachten brummend zum Leben. Die Türen blieben verschlossen, aber Darian glaubte, hinter ihnen große Ventilatoren arbeiten zu hören. Vielleicht brauchten die alten Maschinen einfach Zeit. Darians Magen knurrte und er entschied, dass es keinen Sinn machte, zu warten. Entweder funktionierte es, wie es sollte oder nicht. Wenn nicht, konnte er immer noch rohe Gewalt anwenden, um in die Räume zu gelangen.

Tani und Ayk warteten in ihrem Unterschlupf auf ihn. Ayk versorgte ihn mit einer unappetitlichen, aber nahrhaften Mahlzeit, während Tani auf einigen Decken lag und zu dösen schien. Als Darian fertig war, schubste ihn Ayk in Richtung der Decken: »Du solltest auch schlafen. Deine Maschinen werden nirgendwo hingehen ohne dich.«

Darian verzichtete darauf, ›Ja, Mama‹ zu sagen. Dann betrachtete er Tani nachdenklich, der da ganz alleine lag und klein und einsam aussah, wie ein halbverhungertes Katzenbaby. Es widerstrebte Darian, jemanden an sich heranzulassen oder sich selbst jemandem zu nähern. Er hatte die letzten Jahre darauf geachtet unabhängig, ungebunden, distanziert und ohne Verpflichtungen irgendjemand gegenüber zu bleiben. Und auch wenn er Tani nicht abstoßen fand, war es ein seltsames Gefühl, ein Schlaflager mit ihm zu teilen. Erwachsene Menschen taten das für gewöhnlich nur mit jenen, die ihnen sehr nahestanden. Andererseits hatte ihm Tani das Leben gerettet. Und laut Ayk würde es Tani helfen, wenn er nicht alleine schlafen musste. Ein bisschen so, wie wenn Eltern ihre Kinder ins Elternbett ließen, wenn die einen Alptraum gehabt hatten. Auch wenn Tani alles andere als ein Kind war. Mit einem Seufzen kroch Darian hinter ihn und schmiegte sich an den Rücken des Dr'ynn. Was tat man nicht alles für gute Beziehungen zwischen den Spezies?

Tani öffnete ein Auge. »Ayk, glaub' nicht, dass ich deine Winkelzüge nicht bemerke.«

Ayk rollte mit der Zunge: »Ich bin ein Anubis. Wir machen keine Winkelzüge. Wir wissen nicht einmal, was Winkelzüge sind.«

»Ja, schön wär's. Offenbar hat die Diplomatenausbildung der Botschaft doch endlich einen Weg in deinen dicken Schädel gefunden.«

Trotz seiner Worte entspannte sich Tani seufzend an Darian geschmiegt. Darian zog seine eigenen Decken über sich und versuchte, es sich mit dem ungewohnten Körper neben ihm bequem zu machen. Er dachte über Tanis beiläufige Bemerkung nach. Perseus-Transit war der Name des Sektors, in dem der Orion-Arm auf den Perseus-Arm traf. Er war seit dem ersten Kontakt zwischen der Menschheit und Anubis ein Zentrum der Aktivitäten zwischen den beiden Rassen. Deswegen befand sich dort praktisch von Anfang an ein Anubis-Konsulat im Territorium der Menschen.

»Ayk, bist du ein Mitglied der Anubis-Botschaft im Perseus-Transit?«

»Ja, eigentlich bin ich ein diplomatischer Gesandter, wenn ich nicht mit diesem Dr'ynn da herumvagabundiere.«

Tani schnalzte mit der Zunge: »Ohne unsere kleinen Abenteuer würdest du dich zu Tode langweilen.«

»Vielleicht, aber das hier ist ein bisschen zu viel Abenteuer. Sorg das nächste Mal einfach dafür, dass du eine Menge Geld zur Verfügung hast, Tani. Dann können wir uns eine weitere schöne, bequeme Passage kaufen, wenn wir die erste versäumen.«

»Ayk, ich habe keine Menge Geld.«

»Schade. Da'rren, um das zu erklären – unter meinen eigenen Leuten gelte ich wegen meines schlechten Geruchsinns als behindert. Aber als Diplomat unter Menschen bin ich im Vorteil. Die anderen müssen Nasenfilter tragen, ich nicht. Und etwas Wahrnehmung ist besser als keine. Ich mag meinen Job als Gesandter, aber manchmal wird mir das etwas zu steif und bürokratisch. Das hier ist sozusagen mein Urlaub. Und jemand muss sich um Tani kümmern, wenn er alleine zu irgendwelchen verlassenen Orten in der Galaxie reist.«

»Ayk, du bist nicht mein Leibwächter. Ich nehme dich nur mit, damit du an die frische Luft kommst, bevor du jemandem frustriert den Kopf abbeißt.«

Darian räusperte sich, um die beiden zu unterbrechen, und fragte: »Tani, warum reist du ohne deine Familiengruppe?«

»Ich bin nicht bereit, sie nur für mein Wohlbefinden durch das halbe menschliche Territorium in eine abgelegene Ecke des Weltraums zu schleppen. Und ich habe nicht damit gerechnet, dass es so lange dauern würde. Und diese Rundreise auf einem wanzenverseuchten Frachter war definitiv nicht geplant. Können wir jetzt schlafen?«

Ayk rollte sich um sie herum und blockierte so den Luftzug vom Eingang. Mit drei Körpern im Unterschlupf stieg die Temperatur auf ein erträgliches Maß. Aber Darian hatte Schwierigkeiten einzuschlafen, seine Gedanken kreisten endlos um die Probleme mit den Wanzen und der fehlenden Navigationssoftware. Und um den uralten Teil des Schiffes und die beiden verschlossenen Räume. Schließlich seufzte Tani frustriert auf. Er drehte sich um und schlang seine Arme um Darian. Ein Gefühl von Frieden und Ruhe überflutete Darian und seinen aufgewühlten Geist. Bevor er protestieren konnte, nutzte sein erschöpfter Körper die Chance und schickte ihn in den Schlaf.

Darian wachte auf, erleichtert, dass er aufgewacht war und folglich immer noch am Leben. Kein Bruch der Außenhülle hatte sie im Schlaf in Eis am Stiel verwandelt. Ayks pelziger Arm lag neben seinem Kopf und sein Fell kitzelte Darians Nase. Nachdem er wach war, schaltete sein Verstand sofort wieder auf Hochtouren. Alle Probleme waren immer noch da. Was ihn an Tanis Eindringen in seinen Geist erinnerte.

Er stieß den Dr'ynn grob in den Rücken und weckte ihn auf: »Hey, was hast du mit mir gemacht?«

Tani blinzelte und Darian stellte mit einer gewissen Genugtuung fest, dass Dr'ynn kurz nach dem Aufwachen auch verknittert und deutlich weniger schön aussahen.

»Ich habe nur eine Emotion ausgestrahlt. Hätte dein Unterbewusstsein nicht kooperieren wollen, wäre nichts passiert. Ich habe dich nicht zum Schlafen gezwungen, falls du das vermutest. Ich erkläre es dir später. Jetzt lass mich in Ruhe weiterschlafen.«

»Ich frage mich, ob die Räume oben schon offen sind«, sagte Darian.

Ayk stieß ihn mit der Schnauze an und murmelte etwas, das wie ›Geh, spielen und lass uns schlafen‹ klang.

Darian löste sich aus dem Gewirr der beiden Körper und kletterte wieder die Leiter hinauf, zitternd vor Neugier – und Kälte. Zu seiner Freude leuchtete auf den Türschotten der beiden Räume ein helles grünes Licht und signalisierte, dass diese nun betreten werden konnten. Er holte tief Luft und öffnete die breitere, beeindruckender aussehende, der beiden Türen. Dahinter fand er ein weitläufiges Halbrund, das einst die Brücke des alten Schiffes gewesen sein musste. Der Raum war liebevoll konserviert, inklusive kleiner Erinnerungen an seine nun schon lange toten Benutzer. Ein Klemmbrett lag neben einem Bedienfeld, ein Kaffeefleck prangte auf einem der schweren, gepolsterten Stühle. Zwei Plüsch-Würfel, die über dem Pilotensitz hingen, ließen Darian lächeln. Die Besatzung hatte diesen Ort als Denkmal für das Schiff, das sie einst geliebt hatten, zurückgelassen, während der Rest abgebaut worden war. Die Kontrollen, leblos und tot, sahen aus wie in einem technischen Museum. Sie waren in ihrem streng logischen Aufbau leicht verständlich, wenn auch in Englisch beschriftet. Eine einfache Luke führte nach nebenan in den zweiten, zuvor ebenfalls versiegelten Raum. Im Gegensatz zu den schweren Sicherheitstüren zum Korridor schloss diese Luke nicht dicht ab. Das war wahrscheinlich der Grund, warum der zweite Raum zusammen mit der Brücke erhalten und versiegelt worden war.

Darian öffnete die Luke. Dahinter befand sich ein kleiner Raum, der fast vollständig mit einem komplexen Durcheinander von Maschinen gefüllt war. Darian brauchte einen Moment, um zu verstehen, was er sah. Es war das Computergehirn des alten Schiffs, ein früher Vorgänger der modernen Schiffscomputer. Mit zitternden Händen überprüfte Darian die alte Maschine. Sie schien vollständig intakt zu sein, es fehlte ihr nur Energie. Obwohl Licht und Lebenserhaltung in den beiden Räumen jetzt wieder arbeiteten, waren die Maschinen und Konsolen noch tot. Darian suchte nach dem Kabelkanal, der den alten Computer einst mit Strom versorgt hatte. Er war nicht schwer zu finden. Die Kabel waren säuberlich abgesteckt, die alte Energiequelle schon lange abgebaut. Darian starrte auf den Schaltkasten. Wenn ... Er drehte sich um, rannte durch den Korridor zur Leiter, kletterte nach unten und sprang die letzten Sprossen hinunter.

»Aaayyk!«

Der Anubis kam auf ihn zu gerannt, »Was, haben die Wanzen ... ?«

»Nein, ich brauche deine Hilfe, um den nähesten Generator in den Tunneln abzubauen und hierher zu bringen, und dann muss ich zurück zur Haupttechnik. Ich muss drahtlose Modems finden oder woanders abbauen.«

Ayk spitzte die Ohren. »Wieder voller Energie, mh? Ich schätze, das bedeutet, wir sind wieder im Spiel.«

»Vielleicht. Zumindest habe ich eine Idee. Lass uns ...«

»Nein. Stopp. Erkläre es zuerst.«

Tani hatte sich ebenfalls zu ihnen gesellt, er humpelte weniger und sah neugierig aus: »Was hast du gefunden?«

»Dort oben ist der alte Hauptcomputer des Schiffes. Perfekt erhalten, wenn auch steinalt. Mein PortaComp hat mehr Rechenleistung. Aber wenn wir ihn zum Laufen bringen, verfügt er möglicherweise immer noch über eine funktionierende Navigationssoftware. Als Erstes müssen wir ihn wieder mit Strom versorgen. Und wenn wir ihn zum Laufen bekommen und er eine Navigationssoftware hat, müssen wir einen Weg finden, die Sensordaten aus dem neuen Teil der Albion an ihn zu übermitteln und in ein Format umzuwandeln, das das alte Ding verstehen kann.«

Ayk knurrte: »Ah, also nur ein paar kleine Details, die geklärt werden müssen.«

»Ja, wir können ... oh, das war Sarkasmus.«

»Und da sagen die Leute, wir Anubis würden Zweideutigkeiten nicht verstehen.«

»Aber wenn der alte Computer noch funktioniert, ist es machbar. Und ehrlich weiß ich nicht, was wir sonst tun könnten, außer zu warten, dass die Wanzen schwärmen.«

»Du bist verrückt«, sagte Ayk.

»Warum sagen das die Leute immer?«

»Vielleicht, weil du dich weigerst, dich von Chancen beeindrucken zu lassen, bei denen andere es erst gar nicht versuchen würden? Aber wenn du meinst, dann lass uns an die Arbeit gehen.«

»Vielleicht kann ich bei der Datenkonvertierung helfen«, sagte Tani amüsiert. »In meiner Arbeit habe ich viel mit veralteten oder seltsamen Datenformaten zu tun. Nicht alle Archive sind auf moderne Standards aktualisiert. Ich habe ein Programm, das helfen könnte. Es ist von Menschen programmiert und bei Bedarf selbstlernend. Ich kann es auf deinen PortaComp übertragen, wenn du willst.«

»Das wäre fabelhaft.«

Tani holte seinen Computer und als die Datenübertragung abgeschlossen war, warf Darian einen neugierigen Blick auf die Software. Sie trug das Logo von SenSync, einem der größten Softwarekonzerne, war unglaublich vielseitig und ein Vermögen wert. Sie war nicht lizenziert und konnte frei kopiert werden.

»Wie ... ?«

Tani zuckte mit den Schultern: »Ein Tauschgeschäft, frag nicht. Aber wenn es dir hilft, kannst du es gerne haben.«

»Du hast unsere Chancen, hier rauszukommen, gerade ziemlich erhöht. Nun zur Stromversorgung.«

Die autarken Generatoren, die in den Röhren des Frachtgitters verwendet wurden, ließen sich glücklicherweise leicht abbauen. Darian ging mit Tani, um Stromkabel und Werkzeug zu holen, und überließ es Ayk, den Generator zurück in den alten Teil des Schiffes zu schleppen. Die Lage im Kontrollraum war stabil. Darian schnappte sich Willys Werkzeug und eine noch kaum angefressene Kabelrolle aus dem Kasten mit den Ersatzteilen.

Zurück in der alten Maschinenhalle ließen sie den Generator am Fuß der Leiter und Darian schloss ihn mit Hilfe des mitgebrachten Kabels an den alten Verteiler auf der Brücke an. Gleichermaßen ängstlich und aufgeregt rief er Ayk von oben zu, den Generator einzuschalten.

Ein paar bange Minuten später – die alte Maschine brauchte endlos Zeit, um hochzufahren – signalisierten der alte Computer und die Bedienungskonsolen ihre Einsatzbereitschaft. Darian improvisierte einen Zwischenstecker, der sämtliche Sicherheitsstandards verletzte, um seinen PortaComp mit dem alten Schiffscomputer zu verbinden. Er startete Tanis Programm auf seinem PortaComp und ließ dann die beiden Maschinen alleine, damit sie unter sich eine gemeinsame Sprache finden konnten. Das Programm, das er von Tani bekommen hatte, war genial und ursprünglich vermutlich für etwas anderes als relativ einfache Datenkonvertierungen entwickelt worden.

Während sich die beiden Maschinen auf eine gemeinsame Sprache einigten, lief Darian auf der alten Brücke auf und ab, um seine nervöse Energie abzubauen. Dabei bemerkte er ein Schild hoch oben an der Wand mit der Aufschrift »Albion Shipyard«. Offensichtlich war der aktuelle Schiffsname ursprünglich der Name der Werft gewesen, die das Schiff gebaut hatte. Darian hatte noch nie von der Firma gehört, also war sie höchstwahrscheinlich schon lange geschlossen. Darunter hatte jemand mit einem Lasercutter die Worte ›...sure as the sunrise...‹ geätzt. Etwas unpassend im Weltall, aber Darian verstand die Bedeutung. Er griff nach oben und klopfte gegen das Schild. »Meine Gute, ich hoffe wirklich, dass du das bist.«

Eine Ewigkeit später signalisierte Darians PortaComp, dass die Konvertierung erledigt war, und zeigte die jetzt zugänglichen Programme des alten Computers an. Darian spürte, wie ein schweres Gewicht von seinen Schultern abfiel, als er sah, dass eines der Programme mit Navigation bezeichnet war. Die darin enthaltenen Sternenkarten waren zwar veraltet, aber Perseus-Transit war einer der ersten Sektoren gewesen, den die Menschheit erforscht hatte, also waren die Karten in dem Bereich akkurat genug für ihre Zwecke.

Als Nächstes musste er die Sensoranlage und den sekundären Computer im Technikraum des neuen Schiffteils mit dem alten Hauptcomputer hier verbinden. Er kletterte die Leiter hinunter und traf unten nur Tani an.

»Ayk ist die Wanzen füttern gegangen.«

Tani legte den Kopf in einer Geste schief, die Darian jetzt einordnen konnte: »Du fühlst dich sentimental?«

»Ein bisschen. Wenn wir das hier überleben, dann deswegen, weil sich jemand vor sehr langer Zeit liebevoll um dieses Schiff gekümmert hat, ganz im Gegensatz zu Willy und seinen Kumpels.«

»Der Computer läuft und hat Navigationssoftware?«

»Es wird so sein, als würde man mit dem Finger auf eine großformatige Karte zeigen und sagen – geh irgendwo in die Gegend da. Aber ja, ich denke, es wird funktionieren.«

Darian brauchte viele Stunden, um eine zuverlässige Verbindung zwischen allen Komponenten einzurichten. Endlich war es so weit und der alte Computer verarbeitete die Daten der Sensoranlage aus dem neuen Teil des Schiffes, wenn auch mit der ihm eigenen Langsamkeit. Nachdem er ihre aktuelle Position bestimmt hatte, entwarf Darian einen Kurs am alten Schiffscomputer.

Dann gingen sie zu dritt in den Kontrollraum im neuen Teil des Schiffes, wo Darian den Antimaterie-Reaktor und den Sprung-Antrieb hochfuhr. Während der Sekundärcomputer sich durch die Sicherheitskontrollliste arbeitete, wandte sich Darian an Ayk und Tani.

»In Ordnung, das ist der Moment der Wahrheit. Entweder es funktioniert oder nicht. Wobei ›nicht‹ in diesem Fall bedeutet, dass wir mit der Albion untergehen.«

»Wird es in diesem Fall wenigstens eine gloriose Explosion geben?«, fragte Ayk.

»Unwahrscheinlich. Aber unsere Atome werden noch lange durch diesen Teil des Weltraums schweben.«

Ayk leckte Darians Nase, was ziemlich feucht, aber beruhigend war. Tani berührte nur leicht seine Schulter. Darian wusste nicht, was er fühlen oder sagen sollte, also floh er in den emotional distanzierten Zustand des Netzwerks.

Der Sekundärcomputer teilte ihm lakonisch mit, dass aufgrund des Notfallbetriebs die Betriebssicherheit nicht gewährleistet werden konnte, aber ansonsten alles funktionstüchtig war. Maschinen.

Bevor Darian über die möglichen Folgen nachzudenken beginnen konnte, aktivierte er den Sprung-Antrieb und wünschte, dass seine Netzwerkpräsenz die Augen hätte schließen können.

Eine Sekunde später waren sie immer noch nicht tot. Stattdessen reisten sie sicher in ihrer Raum-Zeit-Blase. Darian überprüfte die Steuerung des Sprung-Antriebs und meldete sich dann ab.

»So weit so gut – wir sind immer noch am Leben.«

Ayks Stimme durchdrang den Nebel der Erschöpfung, die jetzt merkbar an Darians Körper zerrte, als die Anspannung nachließ.

»Wie lange werden wir in der Raum-Zeit-Blase reisen?«

»Vier Tage, wenn alles nach Plan läuft. Es war das Schnellste, das ich erreichen konnte, ohne den Antrieb zu früh auszubrennen. Wir werden kurz vor Perseus-Transit aus der Blase fallen. Es gibt zu viel Verkehr im Sektor selbst und zu viele bewohnte Objekte, um direkt hinein zu fliegen. Ich wollte das Leben Unschuldiger nicht gefährden. Abgesehen davon, dass es uns auch töten würde, wenn wir an einer Stelle aus der Blase fallen, an der sich schon etwas befindet. Aber es ist ein gut erschlossenes Gebiet und jemand sollte uns bemerken. Noch besser wäre, wenn es mir gelingt, das Kommunikationsarray zum Laufen bringen. Dafür hatte ich bisher keine Zeit. Aber es werden sowieso vier sehr lange Tage bis Perseus-Transit. Zeit genug, um es zu versuchen.«

»Was passiert, wenn sich die Weltraumwanzen durch den Rumpf fressen, während wir in der Raum-Zeit-Blase sind? Sterben wir an der Dekompression oder an der Unterbrechung der Raum-Zeit-Blase?«

Darian dachte kurz ernsthaft nach und sagte dann: »Ich habe keine Ahnung. Soll ich es herausfinden?«

»Nicht wirklich wichtig. Gibt es sonst etwas, was wir noch tun können?«

Darian schüttelte den Kopf und stand auf, oder versuchte es zumindest, denn die Welt drehte sich plötzlich um ihn. Er rieb sich die Augen im Bemühen, wieder zu Sinnen zu kommen. »Was ist los? Vielleicht sollte ich die Lebenserhaltungssysteme überprüfen.«

»Keine Sorge«, sagte Ayk und hob Darian auf. »Du bist fast zwanzig Stunden durch das Schiff gerannt und hast dann dein Gehirn im Netzwerk gebraten. Du bist schlicht extrem erschöpft.«

»Oh.«

Darian wurde klar, dass er auf einem Schiff wie der Prospero wieder in der sensorischen Deprivationskammer gelandet wäre. Von starken Armen an eine pelzige Brust gekuschelt zu werden, war das Gegenteil sensorischer Deprivation, aber Darian fand es fast ebenso effektiv. Sie hatten einen weiteren Schritt aus dem Schlamassel gemacht, waren aber noch lange nicht in Sicherheit.

Nach einem schnellen Essen schlief Darian zwischen den Aliens ein. Als er wieder aufwachte, war er allein, ihm war kalt und der Geruch von frisch gebrühtem Kaffee stieg ihm verführerisch in die Nase. Er setzte sich auf, schob die Decken beiseite und sah, wie Tani vorsichtig in kleinen Mengen heißes Wasser, das er auf einem kleinen Chemie-kocher aufheizte, in einen improvisierten Filter goss.

»Ist das echter Kaffee?«

Der Dr'ynn sah von seiner meditativen Arbeit auf: »Ja, der letzte Rest meiner privaten Vorräte. Ich dachte mir, ich nutze ihn besser, solange wir noch am Leben sind.«

»Ist etwas passiert?«

»Nein, alles in Ordnung. Du hast den ersten Tag unserer Reise in der Raum-Zeit-Blase größtenteils verschlafen.«

»Ja, in letzter Zeit renne ich entweder wie verrückt herum oder ich habe Auszeit. Wo ist Ayk?«

»Schickt die Wanzen an neue Orte zum Fressen, aber langsam gehen ihm passende Futterstellen aus. Du weißt, dass mit dem Füttern der Wanzen auch unsere Probleme mit ihnen größer werden? Buchstäblich? Bei ausreichender Futtermenge erreichen mehr das letzte Entwicklungsstadium und damit steigt wiederum ihr Futterbedarf.«

»Was uns dem Punkt des Schwärmens näher bringt. Was ist Ayks Einschätzung? Wann werden sie den kritischen Punkt erreichen?«

»Er denkt, es wird eng, aber wir werden die vier Tage schaffen.«

»Mist. Das Problem ist, dass wir nicht automatisch gerettet sind, wenn wir Perseus-Transit erreicht haben. Ich sollte mir das Kommunikationsarray ansehen.«

»Trink erst einmal Kaffee. Ich habe mir nicht die Mühe gemacht, ihn zu kochen, nur um ihn jetzt alleine zu trinken. Ayk mag den Geruch nicht, also lass uns die Zeit nutzen.«

Tani goss die dunkle Flüssigkeit in zwei Becher und gab Darian einen. Der atmete den Geruch genussvoll ein und seine Gedanken wanderten ungefragt in die Vergangenheit. Er erinnerte sich an gemeinsame Frühstücke mit seinen Eltern und an Kaffeepausen während langer Arbeitstage in den Versuchslaboren. Gute Erinnerungen.

Nachdem er einen Schluck getrunken hatte, blickte er auf und sah, dass Tani ihn neugierig anstarrte.

»Was?«

»Ich habe gesagt, dass es emotionale Unterströmungen in deinem Kopf gibt. Normalerweise unterdrückst du sie mit erstaunlicher Kraft. Als du über deine Mutter erzählt hast und gerade eben wieder, hast du sie für einen Moment an die Oberfläche steigen lassen. Als du nach dem Kampf mit den Wanzen über deine Vergangenheit gesprochen hast, waren deine Gefühle von Scham und Schuld geprägt. Es war also nicht schwer zu erraten, dass du etwas zu verbergen hast.«

»Deine Empathie ist bisweilen wirklich lästig.«

»Ich weiß. Eigentlich hat es erstaunlich lange gebraucht, bis sie dir auf die Nerven ging. Aber im Ernst, ich kann keine Gedanken lesen, also weiß ich nicht, wovor du wegläufst oder vor wem du dich versteckst. Aber ich kann sehen, dass du verzweifelt versuchst, dich einzufügen, nur eine unauffällige Person in der Menge zu sein. Das Problem ist, sobald dein Fachwissen oder deine Fähigkeiten herausgefordert werden, vergisst du auf die Zurückhaltung und dann wird schnell sehr deutlich, dass du alles andere als durchschnittlich bist. Wenn du nicht möchtest, dass die Leute dich bemerken, musst du viel vorsichtiger werden. Andererseits wären wir tot, wenn du nicht dein wahres Potenzial gezeigt hättest. Abgesehen davon: Für Ayk und mich spielt deine Vergangenheit keine Rolle.«

Darian öffnete den Mund und stellte fest, dass es darauf keine gute Antwort gab oder sonst irgendetwas, was er sagen wollte. Er trank stattdessen seinen Kaffee. Tani, der wohl seine Stimmung spürte, sagte nichts mehr.

Nachdem er sein mageres Frühstück beendet hatte, kletterte Darian zur alten Brücke hinauf. Er ließ sich auf den Sitz vor den Konsolen fallen und atmete tief durch – Zeit, sich wieder auf die Gegenwart zu konzentrieren. Er begann, das alte Kommunikationsmodul zu untersuchen, um zu sehen, womit er es technisch und softwaretechnisch zu tun hatte.

Es beinhaltete eine frühe Form des Raum-Zeit-Kommunikationsystems, aber der kleine Generator, den sie momentan zur Stromversorgung des Computers verwendeten, konnte niemals die nötige Menge an Energie liefern, um damit eine Nachricht zu versenden. Der Prozess war nicht so energieaufwändig, wie der Transport der festen Materie eines Raumschiffs, benötigte aber dennoch einen Anti-Materie-Reaktor, um die dafür nötige Energie zu erzeugen. Also musste er die alte Software dazu bringen, mit der neuen Hardware zu arbeiten. Aber gab es noch ein weiteres wesentliches Problem: Die in der bejahrten Software gespeicherten Koordinaten der Kommunikationsbojen waren völlig veraltet. Ohne diese Koordinaten konnte er den Raum-Zeit-Nachrichtenstrahl nicht ausrichten.

Aber möglicherweise gab es eine Lösung. Die alten Schiffscomputer waren nicht schnell genug gewesen, um die Ausrichtung des Raum-Zeit-Strahls mit der nötigen

Genauigkeit in Echtzeit zu berechnen. Also übertrugen die alten Kommunikationsarrays die Botschaften nicht wie die modernen in einem eng gebündelten Strahl, sondern in einem weiten gefächerten Bogen. Die Chancen standen also gut, dass die alte Mehrfachstrahl-Software auch ohne Koordinaten früher oder später eine Kommunikationsboje treffen würde. Er musste also versuchen, die Mehrfachstrahl-Software des alten Schiffsteils für den Sekundärcomputer und das Kommunikationsarray des neuen Schiffsteils verdaulich zu machen. Darian lud das alte Programm in seinen PortaComp hoch und ließ Tani's Programm daran arbeiten. Dann machte er sich zusammen mit Tani auf den Weg zum Maschinenraum im neuen Teil des Schiffes.

Auf halbem Weg dorthin trafen sie auf Ayk, dessen Fell mit frischem, silbrigen Schleim bedeckt war.

Tani hob eine Augenbraue. »Hast du Spaß?«

»Ich versuche nur, unsere Chancen zu erhöhen.«

»Riskier nicht zu viel.«

»Nur ein bisschen Guerillakrieg, aber ich vermisse deine Hilfe.«

»Morgen komme ich wieder mit.«

Tani hatte fast aufgehört zu hinken. Ayk hatte recht gehabt mit den Regenerationsfähigkeiten der Dr'ynn.

Obwohl Darian nicht den Wunsch hatte, wieder gegen die Wanzen zu kämpfen, war er bereit, seinen Teil dazu beizutragen: »Was kann ich tun, um zu helfen?«

Ayk schnaubte: »Nichts, Darr'en. Konzentrier dich lieber auf diesen Schrotthaufen, den du Schiff nennst, und sorg dafür, dass er so lange funktioniert, bis wir gerettet sind. Wir werden versuchen, dir so viel Zeit wie möglich zu verschaffen.«

In der Haupttechnik loggte sich Darian ins Netzwerk ein und versuchte, die alte Mehrfachstrahl-Software für den modernen Computer verdaulich zu machen. Das starre

System war wie erwartet nicht sehr kooperationsbereit. Resigniert begann er damit, ein Softwareproblem nach dem anderen zu beheben. Er hoffte, dass er es rechtzeitig hinbekam.

Stunden später erreichte ihn eine externe Nachricht: »Komm raus da. Zeit für Essen.«

Offensichtlich hatte Ayk herausgefunden, wie er Nachrichten an Darians Netzwerkpräsenz schicken konnte, und Darian war es nicht mehr erlaubt bis zur Erschöpfung zu arbeiten.

Tag zwei und drei vergingen wie im Flug. Darian arbeitete entweder an der Kommunikationssoftware oder versuchte, sich auf Worst-Case-Szenarien vorzubereiten. Eine seiner Vorkehrungen war, sicher zu stellen, dass die beiden Räume im alten Schiffsteil wieder luftdicht verschlossen werden konnten. So konnten sie im Fall eines Hüllenbruches als Notunterkunft dienen.

Entweder Ayk oder Tani bewachten Darian, wenn er innerhalb des Netzwerks arbeitete, ansonsten gingen die beiden Aliens zusammen auf Wanzenjagd. Die Kleinen fanden noch genug zu fressen, aber am Ende des dritten Tages begannen die Großen aktiv nach Ressourcen zu suchen. Am vierten Tag erwachte Darian mit einem zwiespältigen Gefühl von Vorfreude und Angst. Tani und Ayk mussten drei große Wanzen auf dem Weg zur Haupttechnik töten und während ihrer letzten kurzen Schlafphase hatten sie das Lebenserhaltungssystem verloren. Sechzehn Stunden, dann würden sie laut Plan aus der Raum-Zeit-Blase fallen. Darian stellte einen Timer ein, um die vergehenden Stunden anzuzeigen, und konzentrierte sich dann auf weitere Notfallmaßnahmen.

Drei Stunden vor Ablauf des Countdowns wurde Darian per Notfallroutine unsanft aus dem Netz abgemeldet. Sein

Verstand, so abrupt aus dem Netzwerk gerissen, war ein paar Sekunden lang überfordert, das plötzliche Chaos um ihn herum zu verstehen. Wanzen waren überall im Raum. Ayk kämpfte gegen sie, Tani bewachte Darian. Als der Dr'ynn sah, dass er wach war, gesellte er sich zu Ayk und rief über seine Schulter: »Darian, zur Tür, wir müssen hier raus.«

Darians Emotionen hinkten den aktuellen Ereignissen immer noch hinterher. Bevor sie ihn noch einholen konnten, zog er seinen Dolch und sprang auf die nächste Wanze.

»Wir müssen zum Antimaterie-Reaktor!«

»Okay, wo entlang?«

»In der Ecke hinten links. Luke im Boden.«

Ohne Vorwarnung packte Ayk Darian und Tani und sprang durch den halben Raum. Ihm fehlte die nötige Höhe für einen ordentlichen Sprung und sie landeten in einem unschönen Durcheinander. Zu ihrem Glück stürzten sich die meisten Wanzen sofort auf die jetzt unbewachten Steuerungspaneele und den Technikcomputer, oder, aus ihrer Sicht, das All-you-can-eat Buffet. Darian rappelte sich auf, rannte das letzte Stück zur Luke und zog sie auf. Er ignorierte die Sprossen und ließ sich in den darunter liegenden Korridor fallen. Hoffentlich würde Ayk durch die enge Passage passen. Warum hatte er nicht vorher daran gedacht?

»Ayk, kommst du da durch?«

»Hoffentlich. Tani halte sie von mir fern.«

Der Anubis zwängte sich durch den Schacht und ließ dabei ein paar schwarze Fellbüschel zurück, schaffte es aber nach unten. Tani folgte ihm, warf die Luke zu und fiel in seiner Hast beinahe auf Ayk: »Da oben ist es ziemlich unfreundlich geworden.«

Darian winkte sie weiter: »Wir sind gleich innerhalb der Abschirmung des Reaktors. Dort sollten wir noch eine Weile sicher sein.«

»Warum sind wir überhaupt hier?«, knurrte Ayk.

Während Darian und Tani sich problemlos durch die engen Gänge bewegten, musste sich der Anubis ducken und kriechen.

»Der Reaktor hat einen eigenen Computer, um den Energiefluss zu steuern. Ich brauche ihn, um das Kommunikations- und das Sensorarray mit Strom zu versorgen, sobald wir aus der Raum-Zeit-Blase herausfallen.«

Tani runzelte die Stirn. »Wirkt sich der Verlust des Computers in der Haupttechnik nicht auf unseren Raum-Zeit-Flug aus?«

»Das würde es, aber ich habe ein Backup des technischen Computers auf dem Computer des Reaktorraums installiert. Als der oben ausfiel, hat dieser automatisch übernommen. Warum haben die Wanzen angegriffen?«

Tani zuckte mit den Schultern: »Die Haupttechnik war die größte noch unberührte Ressource auf dem Schiff, also wollten die Wanzen sie wohl für sich sichern. Wenn du sagst, dass wir ohne die Kontrollen leben können, können sie sich dort gerne die nächsten Stunden den Wanst vollschlagen.«

Trotz seiner gezeigten Zuversicht war Darian alles andere als sicher, dass alles nach Plan geklappt hatte. Es sagte viel über Tanis und Ayks eigenen Gemütszustand aus, dass er mit dieser kleinen Notlüge davongekommen war, ohne dass die beiden es entweder gefühlt oder gerochen hatten.

Der Reaktorkontrollraum war klein und rechteckig. Eine Seite war verglast und durch das Fenster sah man hinunter auf den Reaktor und das Labyrinth von Maschinen, die ihn umgaben. Der restlichen Wände des Raums waren mit Überwachungsgeräten und Bedienfeldern bedeckt. Ayk setzte sich vor die Tür und warf einen zweifelnden Blick auf ein Schild, das dazu aufrief, im Raum jederzeit Schutzausrüstung zu tragen.

»Ist es hier drinnen sicher?«

»Für die kurze Zeit, die wir hier sind, werden wir keinen Schaden davontragen. Trotzdem, Tani, sieh bitte nach, ob du eine Strahlungsschutzausrüstung finden kannst. Vielleicht brauchen wir sie später.«

Darian loggte sich in den Computer des Reaktors ein, um zu überprüfen, wie sich das Backup des Technikcomputers verhielt. Es war kaum genug Speicherplatz vorhanden gewesen, um auch nur die allernotwendigsten Programme des Technikcomputers zu installieren, und auch dafür hatte er schon einige Programme des Reaktor-Computers löschen müssen. Er hatte nur die Programme an Ort und Stelle gelassen, die er noch unbedingt brauchen würde.

Der Negative-Materie-Reaktor lieferte Energie für alle Funktionen mit Raum-Zeit-Technologie. Der Rest des – im Verhältnis geringen – Energieverbrauchs wurde von konventionellen Generatoren bereitgestellt. Während das Schiff sich in der Raum-Zeit-Blase befand, wurde die gesamte vom Negative-Materie-Reaktor erzeugte Energie benötigt, um den Zielraum zum Schiff zu ziehen. Abgesehen davon war isoliert in der Raum-Zeit-Blase ohnehin kein Kontakt nach außen möglich. So wurden das Sensor- und Kommunikationsarray, die beiden anderen Funktionen mit Raum-Zeit-Technologie, routinemäßig in einen Ruhezustand versetzt. Fiel das Schiff aus der Raum-Zeit-Blase, leitete der Computer im Reaktorraum die Energie des Antimaterie-Reaktors zu den beiden Arrays um. Nur das Darian diese Funktion gelöscht hatte, da sie leicht manuell auszuführen war und jedes gesparte Byte gezählt hatte.

Er konzentrierte sich auf sein Konstrukt zusammengeflickter Funktionen. Die drahtlose Übertragung zum Sensor- und Kommunikationsarray funktionierte wie vorgesehen. Beide Installationen signalisierten, dass sie auf Energiezufuhr warteten. So weit, so gut.

Nachdem er einige kleinere Fehler behoben hatte, schickte Darian eine Nachricht an Ayks Kommunikator: »Noch dreißig Minuten. Benehmen sich die Wanzen?«

Die Antwort kam fast sofort: »Keine weiteren Anzeichen von ihnen. Tani hat ein paar Schutzhandschuhe gefunden, aber keine Spur von einem Anzug.«

»Großartig. Der ist vermutlich geplatzt, als Willy versucht hat, ihn anzuziehen. Hoffentlich brauchen wir keinen.«

»Weißt du, es ist irgendwie seltsam, sich mit dir zu unterhalten, während du reglos neben mir liegst.«

»Zeichne bloß keinen Schnurrbart auf mein Gesicht!«

»Was? Ist dir das schon mal passiert?«

»Ich will nicht darüber reden.«

Darian wusste, dass er nur belanglos plauderte, um seine Nerven im Zaum zu halten. Wie konnte Zeit so langsam vergehen? Er unterdrückte den Impuls zu überprüfen, ob die Computer-Uhr richtig funktionierte.

Schließlich versickerten die letzten Sekunden der gefühlten Ewigkeit und sie fielen aus der Raum-Zeit-Blase. Um Probleme mit dem ausgebrannten Sprung-Antrieb zu vermeiden, hatte Darian eine automatische Notabschaltung programmiert. Die Software zur Überwachung derselben hatte er aber löschen müssen, aber wenige Minuten später bestätigte der Reaktor, dass Energie für die Sensoren und die Kommunikation verfügbar war.

Darian schickte den Befehl, die Energie umzuleiten und bekam eine Bestätigung vom Kommunikationsarray und eine Fehlermeldung von den Sensoren. Nachdem er das Problem gefunden hatte, loggte Darian sich aus und erlaubte sich, kurz, aber mit herzhafter Inbrunst, zu fluchen.

Ayk beugte sich zu ihm: »Interessante Verwendung deiner Sprache. Was ist los?«

»Wir haben ein Problem, das sich normalerweise leicht lösen lässt, unter den momentanen Umständen aber leider nicht. Die Energie aus dem Antimaterie-Reaktor wird durch speziell abgeschirmte Leitungen zu den Sensoreinheiten geleitet. Kein normales Kabel könnte eine solche Spannung aushalten. Auch jede Wanze, die sich so einer Leitung nähert, würde sofort zu Asche. Aber die Relais zum Umschalten des Energieflusses werden über normale Kabel mit Strom versorgt. Und offenbar haben die Wanzen die Zuleitung zu einem der Relais durchgefressen. Was noch nicht das Problem ist. Sie haben alle auch einen manuellen Schalter.«

»Warum dann das Gefluche?«, fragte Tani, ans Fenster gelehnt. Er spielte mit einem Paar giftig-gelber Handschuhe.

Darian zeigte auf die Handschuhe: »Deshalb. Die manuellen Steuerungen befinden sich im Hauptreaktorraum und wir haben keinen Schutzanzug, um dort hineinzugehen.«

»Ist die Strahlung ein Problem?«

»Eines davon. Eigentlich ist sie die kleinere Komplikation. Der Reaktor ist gut abgeschirmt und wir sprechen hier nicht von radioaktiver Strahlung. Der menschliche Körper reagiert nur nicht gut auf bestimmte Wellenlängen, die der Reaktor aussendet, aber einige Minuten sind erträglich. Das wirkliche Problem ist die Hitze. Die Wanzen haben die meisten Kühlsysteme außer Betrieb gesetzt, und fast alles dort unten gibt Wärme ab. Die Temperatur liegt bei über sechzig Grad Celsius. Hineingehen, durch das Labyrinth da unten laufen, einen schweren Schalter umlegen und wieder hinauslaufen, führt höchstwahrscheinlich zu einem Hitzeschock.«

Tani zuckte mit den Schultern: »Ich kann es tun. Ich sage nicht, dass ich mich wohl fühlen werde, aber ich kann die Hitze ertragen.«

Der Dr'ynn zog einen seiner Handschuhe aus, trat auf eine der Tageslichtlampen zu und hob die Hand. Der goldene Farbton seiner Haut leuchtete auf und schimmerte hell.

»Angeborenes, natürliches Reflexionssystem. Hilft auch bei Strahlung. Habe ich erwähnt, dass unsere Sonne wirklich nicht nett ist? Was auch unsere fiese Flora erklären könnte.«

Darian warf Tani einen durchdringenden Blick zu: »Bist du sicher?«

»Ja, und ich bin auch in der Lage, einen einfachen Schalter umzulegen. Sag mir einfach, wo er ist.«

Ayk schauderte, da er aus einer ewig kalten Welt kam, und sagte: »Besser du als ich.«

Darian rief für Tani den Grundriss des Reaktorraums auf, erklärte ihm, wohin er gehen musste, was zu tun war, und zeigte ihm dann auch noch durch das Fenster den Schalter. Schließlich hob der Dr'ynn seine Hand: »Stopp. Beruhige dich bitte. Ich kann mich nicht richtig abschirmen, wenn wir so nah beieinander sind, und du machst mich nervöser, als ich es ohne dich wäre. Ich weiß, es fällt dir schwer, technische Arbeit zu delegieren, aber jetzt und in dieser Situation musst du dich auf eine andere Person verlassen. Und es geht ja nur darum, einen Schalter umzulegen.«

Darian holte tief Luft und versuchte, seine rasenden Gedanken zu beruhigen. Er hatte eine klare Einschätzung seiner eigenen Fähigkeiten, sowohl ihrer Stärken als auch ihrer Grenzen. Und in den letzten Jahren hatte er gelernt, dass die einzige Person, auf die er sich wirklich verlassen konnte, er selbst war. Nicht, dass er Tani nicht vertraut hätte, es war nur ...

Darian brachte seine Gedanken zum Stillstand. Er war es, der die Aufgabe für den Dr'ynn erschwerte, indem er seine Gefühle projizierte. Aber wie konnte er seine Emotionen kontrollieren?

Fakten. Fakten konnte er vertrauen. Und in diesem Fall unterstützten sie die Annahme, dass das ganze Unternehmen möglich war. Darian erinnerte sich an Tani, wie er unter dem

Heizlüfter saß, an seine Geschwindigkeit, als er gegen die Käfer gekämpft hatten, an das Leuchten seiner reflektierenden Haut. Endlich beruhigte er sich und Tani seufzte erleichtert.

Der Dr'ynn schälte sich aus seinen Kleiderschichten, bis er nur noch ein kurzärmliges Hemd, Hosen und Stiefel trug. Jetzt sah er nicht mehr schlank aus, sondern geschmeidig und muskulös. Komplizierte blaue Muster schwammen unter seiner Haut, ähnlich menschlichen Tätowierungen. Ohne die Mütze waren die für seine Rasse typischen, und jetzt auch eindeutig als nicht menschlich erkennbaren, nach hinten geneigten, spitzen Ohren sichtbar. Dieses Merkmal hatte den Dr'ynn, zusammen mit ihrer geschmeidigen, mühelosen Eleganz ihren ersten Spitznamen bei den Menschen eingetragen: Elfen. Im Gegensatz zu den Anubis hatten sie die Bezeichnung aber gehasst, sodass der Begriff kaum noch verwendet wurde. Tanis Haar war vermutlich kastanienbraun, aber im Moment war es zu verfilzt, um es mit Sicherheit zu sagen. Es war in einst kompliziert angeordneten und jetzt völlig wirren Zöpfen um seinen Kopf gewunden. Darian hatte sich an den Dr'ynn in seinen Stoffschichten gewöhnt, aber jetzt ertappte er sich dabei, dass er wieder starrte.

»Tut mir leid für das Starren. Hier, setz den Kommunikator wieder auf. Und zieh die Handschuhe an, das Metall wird heiß sein.«

»Wenigstens hat dich mich anstarren abgelenkt. In Ordnung, ich bin bereit.«

Darian führte Tani eine Etage tiefer zur Luke in den Reaktorraum. Als er sie öffnete, ließ ihn ein heißer Luftstoß sofort in Schweiß ausbrechen. Tani stürmte in den Raum, und Darian verschloss die Luke hinter ihm. Er kletterte zurück nach oben, wo Ayk seine Schnauze bereits gegen das Glas des Beobachtungsfensters presste. Sie beobachteten das flinke Vorankommen des Dr'ynn, bis er den Schalter für die Umleitung der Energie zum Sensorarray erreichte. Tani warf sein Gewicht darauf und versuchte, ihn aus seiner Position zu reißen.

Tanis atemlose Stimme erklang über den Funk: »Das Ding rührt sich nicht.«

»Willy hat es wahrscheinlich nie geschmiert. Tritt ein paar Mal dagegen, um den Schmutz zu lösen.«

»Ist das dein professioneller Ratschlag?«

»Ja, eines der bestgehüteten Geheimnisse der Ingenieurskunst. Schwöre, dass du es niemals weitererzählst, sonst muss diesmal ich dich töten. Oder es versuchen. Was vermutlich schlecht ausgehen würde für mich. Also sag es einfach nicht weiter. Und ich brabble.«

Darian klappte seinen Mund zu und Tani versetzte der Basis des Schalters ein paar gute Tritte und versuchte dann erneut sein Glück. Endlich gab der Hebel unter seinem vollen Körpergewicht nach, schwang nach unten und Tani landete unsanft auf seinem verlängerten Rücken.

Darian saß bereits am Steuerpult, als Tani fragte: »Hat es funktioniert?«

»Ja, perfekt. Raus da.«

Das Sensorarray bestätigte, dass es bereit war, Daten zu sammeln, und Darian aktivierte es.

Als er zurück zum Fenster eilte, sah er, dass Tani es fast bis zur Tür geschafft hatte, sich jetzt jedoch langsamer, aber zumindest noch stetig vorwärts bewegte. Darian rannte nach unten, zog den Dr'ynn durch die Luke und knallte sie wieder zu. Tani lehnte sich an die nächste kühle Wand, rutschte zu Boden und keuchte in kurzen, schnellen Atemzügen durch seinen offenen Mund. Darian brauchte einen Moment, um zu erkennen, dass der Dr'ynn im Gegensatz zu ihm nicht schweißgebadet war. Offensichtlich griff seine Rasse auf eine ähnliche Methode zurück, um sich abzukühlen, wie Hunde auf der guten alten Erde. Es sah zugegeben ein wenig komisch aus.

»Ich wette, du hättest nicht gedacht, dass es dir an Bord der Albion einmal zu heiß sein würde.«

Tani schüttelte den Kopf, während Ayks Stimme zu ihnen herab drang: »Komm her, Darr'en, die Maschine macht Geräusche.«

Wieder oben stellte Darian fest, dass das Sensorarray seine Daten gesammelt hatte und Anweisungen wollte, was damit zu tun sei.

»Okay, lasst uns versuchen, Hilfe zu rufen.«

Ayk schnaubte: »Wir schreien besser so laut wir können.«

Darian loggte sich ein und sandte die Sensordaten an den alten Computer. Es dauerte wie üblich eine Ewigkeit, bis er sie verarbeitet hatte, aber schließlich konnte er die aktuellen Koordinaten der Albion übermitteln. Darian gab sie in das umfunktionierte Mehrstrahlprogramm ein und übermittelte die bearbeitete Software an das Kommunikationsarray.

Dann fand er heraus, was er übersehen hatte. Das moderne Kommunikationsarray verstand den Triggerbefehl nicht, mit dem das alte Computerprogramm die Mehrstrahlsequenz im Regelfall startete.

Darian berechnete seine Chance, das Array über das Netzwerk zu erreichen, um das Problem zu beheben und den Nachrichtenstrahl manuell auszulösen. Das Auslösen war nicht das Problem. Das Problem war, dass er dazu seine Netzwerkpräsenz durch die langsame, drahtlose Verbindung quetschen musste. Und er hatte in den letzten Tagen schon mehr Zeit im Netz verbracht, als gesund war. Aber die Alternative, sich physisch durch das marode, halbzerfressene Schiff zum Sensorarray durchzuschlagen, war ebenso gefährlich. Im Netzwerk würde er nur sich selbst gefährden. Besser, nur ein Leben zu riskieren. In der seine Emotionen dämpfenden Umgebung des Netzwerks schien ihm das logisch.

Seine Netzwerkpräsenz durch die drahtlose Verbindung zu bewegen, fühlte sich an, wie gegen einen reißenden Strom anzuschwimmen. Sein Implantat teilte ihm lakonisch mit, dass die internen Energiereserven erschöpft waren und dass es als Backup-Batterie auf das elektrische Feld seines Körpers zurückgriff. Gleichzeitig startete das Implantat einen Countdown. Sobald dieser null erreichte, würde dauerhafter physischer Schaden eintreten. Darian ignorierte den Timer und erreichte nach einer gefühlten Ewigkeit die ruhigeren Wasser des Kommunikationsarrays. Er nahm seinen Verstand zusammen und begann, die inkompatiblen Schnittstellen zu patchen. Er leistete dabei krude, hässliche Arbeit, aber das war ihm egal, solange es funktionierte.

Der Countdown drang erneut in seine Wahrnehmung ein und warnte ihn, dass ihm nur noch sechs Minuten blieben. Darian schaltete den Alarm erneut weg. Er konnte jetzt keine Ablenkung gebrauchen. Sein erster Versuch, den Nachrichtenstrahl manuell auszulösen, schlug fehl. Aber er konnte das Problem sehen. Er behob es und versuchte es erneut. Diesmal lief das Programm wie geplant ab und schickte ihren Hilferuf in einem weiten Bogen durch das All. Darian machte sich auf den Rückweg durch die drahtlose Verbindung. Warum fühlte es sich auch in die andere Richtung an, als würde er flussaufwärts schwimmen? Die nervige Timer-Anzeige tauchte auch wieder auf. Es hatte noch fünf Sekunden, kein Grund zur Sorge. Er erreichte den Reaktor-Computer und loggte sich aus.

Sein Kopf war ein Inferno aus Schmerzen und Darian konnte nicht verhindern, dass er laut aufschrie. Sein krampfender Körper wurde von starken, pelzigen Pfoten festgehalten. Was für eine bescheuerte Idee! Was hatte er sich nur dabei gedacht?

Ayks raue Zunge, die über seinen Kiefer leckte, brachte ihm die nötige Verbindung zu seinem Körper zurück.

Besorgte Stimmen erklangen, die seine Ohren erreichten, aber sein Gehirn weigerte sich zuerst noch, sie zu verstehen.

Schließlich drangen die Sätze zu ihm durch: »Verdammt, was ist los? Was können wir tun, um zu helfen?«

Darian zwang seinen Körper, sich Stück für Stück zu entspannen, seine eigene Stimme klang seltsam und verschwommen in seinen Ohren: »Ein paar Elektrolyte wären großartig. Aber da wir die nicht haben, lasst mich eine Weile ausruhen. Ich fürchte, ich habe mein Implantat ein kleines Bisschen überstrapaziert.«

Tani beugte sich von der anderen Seite über ihn: »Ein kleines Bisschen? Du blutest aus der Nase. Ich denke nicht, dass das so sein sollte. Wahrscheinlich hast du dich fast umgebracht.«

»Aber ich habe den Hilferuf über das Kommunikationsarray ausgelöst«, flüsterte Darian zu seiner Verteidigung.

Ayk knurrte: »Keinerlei Selbsterhaltungstrieb. Aber gut gemacht. Aber ab sofort kein Arbeiten im Netz mehr für dich, schätze ich. Also, was machen wir jetzt?«

Sich sofort wieder in den Computer einzuloggen, hätte Darians Gehirn diesmal mit Sicherheit dauerhaften Schaden zugefügt. Andererseits konnten die externen Anzeigen hier nicht die Informationen liefern, die er benötigte. Ihr einziger Zweck war es, den Reaktor zu überwachen. Die zusätzliche Software, die Darian installiert hatte, lief ohne Möglichkeit sie von außerhalb des Netzwerks zu überwachen.

Tani schüttelte den Kopf: »Nein, an was auch immer du denkst.«

»Dann bleibt nur noch, zurück in den alten Teil des Schiffes zu gehen. Wenn uns jemand kontaktiert, ist es Teil der Notfallprotokolle, den Nachrichtenstrahl für einige Minuten offen zu lassen, falls der Empfänger nicht die Energie hat, sofort zu antworten. Wir können von der alten Kommunikationskonsole aus antworten, aber dafür müssen wir uns erst durch die Wanzen metzeln.«

»Wie steht es um das Schiff?«

»Keine Ahnung ohne weitere Informationen, die ich nur im Netzwerk sehen könnte.«

Tani stand auf, »Dann ist es besser, wir gehen zur alten Brücke. Im Falle eines Hüllenbruchs sind wir dort sicherer.«

Die beiden Außerirdischen diskutierten leise über den besten Weg, ohne Darian einzubeziehen, der versuchte, den Blutfluss aus seiner Nase zu stoppen. Schließlich hob Ayk ihn hoch. Darian wehrte sich gegen seinen Griff: »Lass mich runter. Ich bin seit meiner Kindheit nicht mehr so viel herumgetragen worden. Ich möchte den Wanzen auf meinen eigenen Füßen gegenübertreten.«

Tani schnalzte mit der Zunge: »Das ist ein Gefühl, das ich verstehen kann. Ayk, du kannst dich hier ohnehin kaum bewegen, also bewahr dir besser das bisschen Mobilität.«

Mit einem Schnauben stellte Ayk Darian auf seine Füße und stellte sicher, dass er dort auch blieb, bevor er ihn losließ.

»Bleib in meiner Nähe und sag mir, wenn du Probleme hast.«

Diesmal konnte Darian der Versuchung nicht widerstehen: »Ja, Mama.«

Sie machten sich auf den Weg, die Eingeweide des neuen Schiffteils zu verlassen. Als sie aus der Abschirmung des Reaktors herauskamen, stellten die drei fest, dass diese wirklich der letzte sichere Hafen gewesen war. Die Wanzen bewegten sich jetzt frei durch die Korridore und krabbelten geschäftig herum, um weitere Nahrungsquellen zu finden. Die drei ignorierten die kleinen Wanzen, aber es dauerte nicht lange, bis sie auf einige Große trafen. Darian war müde und frustriert davon, gegen einen Feind kämpfen zu müssen, der im Grunde nichts als ein Haufen Tiere war, die aus ihrem natürlichen Ökosystem vertrieben worden waren. Ausnahmsweise wünschte er, sich in eine sensorische Deprivationskammer zurückziehen zu können. Aber es gab keinen anderen Weg als durch die Wanzen hindurch und bald waren sie alle drei mit silbrigem Schleim bedeckt und mit winzigen Säurespritzern übersät. Tani und Ayk übernahmen den größten Teil des Kampfes und hielten Darian zwischen sich. Zu seinem Leidwesen hatte Darian trotzdem mehr als genug Gelegenheit, den Umgang mit Tanis Dolch zu üben. Als sie sich in die Schwerelosigkeit der Tunnel des Frachtrahmens stürzten, war Darian erleichtert, dass er sein Körpergewicht nicht mehr tragen musste. Sie erreichten den alten Teil des Schiffes, schnappten sich ihre wenigen Habseligkeiten und schlossen sich auf der ehemaligen Brücke ein.

Um eine explosive Dekompression zu vermeiden, die zu größeren Schäden führen würde, hatte Darian den Reaktor-Computer so programmiert, dass die Luft aus dem Schiff evakuiert wurde, wenn es zu einem Hüllenbruch kam. Er hatte keine Ahnung, ob diese Sicherheitsvorkehrung funktionieren würde. Um sie mit Luft zu versorgen, hatte er in den beiden Räumen einen Reserve-Sauerstofftank installiert, und die alten Maschinen erzeugten genug Wärme, um einen Tod durch die Kälte des Alls zu verhindern.

Darian schaltete die alte Kommunikationskonsole ein und richtete sie ein, um eingehende Nachrichten zu empfangen. Als er sich hinsetzte, wurde ihm bewusst, dass dies das Letzte gewesen war, das er tun konnte. Jetzt blieb nur noch zu warten. Und zu hoffen, dass die Wanzen nicht auch noch das Kommunikationsarray auffraßen. Oder sie mit irgendetwas zusammenstießen, denn die Albion bewegte sich immer noch mit der Austrittsgeschwindigkeit aus der

Raumzeitblase fort. Ohne die Plasmatreibwerke hatten sie keine Möglichkeit sie zu steuern oder zu bremsen und jetzt befanden sie sich nicht mehr irgendwo im Nichts, sondern am Rand eines betriebsamen Sektors. Hier war die Gefahr, mit etwas zusammenzustoßen deutlich höher.

Ayk schüttelte sich: »Ich wünschte, wir hätten eine Dusche.«

Das kam so unerwartet und aus dem Kontext gerissen, dass es Darian ein schwaches Lächeln entlockte.

»Tut mir leid, es war nicht genug Zeit, eine zu installieren.«

»Was, wenn schon jemand versucht hat, uns zu kontaktieren, während wir durch das Schiff gerannt sind?«

»Unwahrscheinlich. Die Nachrichtenstrahlen werden in leicht unterschiedlichen Winkeln wiederholt. Früher oder später werden sie rein statistisch eine Kommunikationsboje treffen. In Anbetracht des Raumes, den sie abdecken müssen, ist später aber wahrscheinlicher. Und solange der Reaktor und die Kommunikationsanlage funktionieren, gibt es Hoffnung.«

Ayk setzte sich auf den Boden: »Ich hasse warten.«
»Willkommen im Klub.«

Tani hatte sich zurückgezogen und still auf einem der Stühle zusammengerollt. Er schirmte sich gegen die Gefühle seiner Gefährten ab, während er sich mit seinen eigenen auseinandersetzte. Es gab nichts mehr zu sagen oder zu tun, außer darauf zu warten, dass die Kommunikationskonsole die Herstellung des ersehnten Kontaktes signalisierte.

In den folgenden Stunden wurde aus Hoffnung zuerst Verzweiflung und dann aus der Verzweiflung Resignation. Darian döste an der Grenze zum Schlaf völlig erschöpft auf seinem Sitz, als die Kommunikationskonsole unvermittelt zu knistern begann und eine zögerliche Frauenstimme den Raum erfüllte.

»Albion? Hier ist der Kommunikationsaußenposten PT-437A. Ihr sendet auf einer veralteten Notfallfrequenz. Nur für den Fall, dass dies keine Geisternachricht ist, die seit Ewigkeiten durch den Weltraum reist: Der Nachrichtenstrahl wird eine Minute lang geöffnet sein.«

Darian, plötzlich hellwach, sprang auf, stolperte in seiner Eile fast über seine eigenen Füße und öffnete den Kanal: »Albion hier. Das ist ein echter Notfall. Wir senden mit einem alten Array, ich hätte nicht gedacht ... vergiss das. Bitte, wir brauchen Hilfe.«

»Albion, ihr habt Glück, dass ich alte Frequenzen scanne, wenn mir langweilig ist. Was ist die Natur des Notfalls?«

»Von Weltraumwanzen gefressen werden – ähm, von Scarabeus Terrebrum Stellaris. Das Schiff, nicht wir.«

Es entstand eine kurze Pause: »Lass mich raten, du bist nicht der Kommunikationsoffizier. Albion, ihr seid nicht als vermisst registriert. Wer bist du und was ist passiert?«

»Darian Vert, ich wurde als zusätzlicher Ingenieur eingestellt und der Rest ist eine ziemlich lange Geschichte.«

Er übermittelte der Frau eine sehr gekürzte Version der Ereignisse und gab ihr die Koordinaten, wo sie den Raum--Zeit-Flug gestartet hatten, damit ein Rettungsteam Willy und seine Gefährten finden konnte. Der Mann war ein wirklich mieser Typ, aber das war kein Grund, ihn und den Rest der Crew draußen im All sterben zu lassen. Normalerweise sendete der Schiffscomputer automatisch ein Notsignal aus, wenn die Rettungskapseln aktiviert wurden. Aber selbst diese für gewöhnlich narrensichere Methode war gescheitert und ironischerweise retteten jetzt sie Willy und dem Rest der Mannschaft das Leben.

Die Frau stellte sich als Fähnrich Winni Drew vor, Kommunikationsoffizierin und einziges Personal eines der Außenposten, die das Netzwerk der Kommunikationsbojen überwachte. Darian wusste, dass sie großes Glück gehabt hatten, auf eine Station mit einem Menschen an Bord zu treffen. Eine Maschine hätte sie vermutlich einfach ignoriert.

Winni meldete den Notfall im System an und meldete sich dann zurück: »Okay, die Beamten sind informiert, ebenso Haul'R'Us. Hilfe ist auf dem Weg, aber das wird eine Weile dauern.«

»Was bedeutet eine Weile?«

»Vierundzwanzig bis sechsunddreißig Stunden.«

»So viel Zeit haben wir nicht! Die Wanzen können jeden Augenblick schwärmen.«

Winnis Stimme war mitfühlend: »Ich weiß. Ich habe alles getan, um die Dinge zu beschleunigen. Aber es gibt einfach zu viel Bürokratie. Wer ist verantwortlich, wer bezahlt die Operation, Sicherheitsvorkehrungen, Versicherungen etc. Aber sie werden euch holen. Das ist ein Fakt.«

»Ja, aber zu spät.«

Darian spürte Tränen der Enttäuschung in seine Augen steigen. Winni hatte recht. Keinem Schiffbrüchigen wurde Hilfe verweigert, denn beim nächsten Mal konnte man es selber sein, der gerettet werden musste. Und objektiv gesehen waren eineinhalb Tage Reaktionszeit nicht wirklich lange. Es war leicht, so lange in einem Raumanzug oder einer Rettungskapsel zu überleben. Das Problem war, dass die einzige Zuflucht, die ihnen geblieben war, zwei uralte Räume waren, die nicht dafür ausgelegt waren, ihre Insassen vor der Kälte und dem Vakuum des Weltalls zu bewahren. Sie würden an Bürokratie sterben. Was für ein Witz.

Starke, pelzige Pfoten schoben Darian beiseite. Ayk beugte sich über das Mikrofon, »Mensch, kannst du die Anubis-Botschaft kontaktieren?«

»Du bist Ayk, nehme ich an. Und ja, ich kann ihnen eine Nachricht senden.«

»Gut, vielleicht kommen sie schneller hierher. Weniger Interessenkonflikte.«

Winnis Stimme klang jetzt eifrig: »Das könnte funktionieren. Gib mir, wenn möglich, einen Kommunikationscode für eine Direktnachricht, damit ich die Information unmittelbar an die Botschaft senden kann. Und wenn ich die Kosten vom Botschaftskonto abbuchen darf, geht es noch schneller.«

»Buch ab, was du willst, auch wenn ich es später selbst bezahlen muss.«

»Okay, gib mir zuerst den Code, dann brauche ich ein paar Sekunden, um eine Sprachaufnahme zu aktivieren. Die Nachricht hat vermutlich mehr Wirkung, wenn sie in deiner Sprache übermittelt wird.«

»Ich mag deinen Kopf, Frau.«

»Wie bitte?«

»Er meint, er mag deine Art zu denken«, mischte sich Darian ein.

»Genau. Hier kommt der Code.«

Ayk spuckte eine lange Reihe von Zahlen aus, wartete, bis Winni das Okay für die Aufnahme gab und begann dann in seinem rollenden, knurrenden Idiom zu sprechen.

Als er fertig war, dauerte es zwei Minuten, dann sagte Winni: »Das war's Jungs. Die Nachricht ist gesendet. Ich habe einen Retourenschein direkt zu meiner Station mitgesandt. Sobald ich eine Antwort erhalte, werde ich sie an die zuständigen Behörden von Perseus-Transit weiterleiten, damit sie einen Notfall-Transitflugplan erstellen können. Und wenn man bedenkt, dass das die einfachste Lösung ist, sollten alle zufrieden sein.«

Darian seufzte: »Ja, vor allem wir.«

»Ich melde mich bei euch, sobald ich mehr weiß.«

Darian sah Ayk an, »Ich hoffe wirklich, dass du eine wichtige Person bist und die Botschaft Hilfe schickt.«

Ayk schnaubte: »Ich bin – wie sagt man – ein geschätzter Mitarbeiter.«

Tani schnalzte mit der Zunge. »Mach dir keine Sorgen. Sie werden kommen.«

Ayk knurrte den Dr'ynn an: »Erinnere mich daran, nie wieder mit dir in den Urlaub zu fahren.«

»Das sagst du immer – bis zum nächsten Mal.«

Sie ließen sich nieder, um wieder zu warten, diesmal mit etwas mehr Hoffnung. Darian überprüfte den Pegelstand der Luftzufuhr, der beruhigend in der Mitte des grünen Bereiches war. Aber es wurde langsam kalt. Die Tatsache, dass er, ohne sich ins Netzwerk begeben zu können, nicht wusste, was im Rest der *Albion* vor sich ging, machte ihn unruhig.

Nach zwei Stunden Ewigkeit meldete sich Winni erneut bei ihnen: »Seid ihr noch da? Kommt schon Jungs, antwortet mir. Sagt mir nicht, dass ihr tot seid.«

Darian war schon an den Kontrollen: »Winni, wenn wir tot wären, könnten wir es dir nicht sagen.«

»Tut mir leid, ich bin nervös. Ihr seid mein erster richtiger Notfall. Aber ich habe gute Neuigkeiten. Ein Anubis-Schiff ist auf dem Weg zu euch. Sie werden euch in etwa einer halben Stunde erreichen und sich direkt mit euch in Verbindung setzen.«

Darian atmete erleichtert auf und hörte das Aufseufzen seiner Begleiter: »Das sind fabelhafte Neuigkeiten.«

»Ich werde über das Ergebnis der Rettung informiert. Aber Darian, bitte kontaktier mich, wenn du wieder in Sicherheit bist. Und wenn es nicht zu viel verlangt ist, könntest du mir ein paar Bilder von der alten Brücke schicken. Ich bin ein Geschichtsfan und würde sie wirklich gerne sehen.«

»Ich weiß etwas Besseres, ich werde dir einen Teil des Schiffes schicken.«

»Klingt toll. Wagt es nicht, in den nächsten dreißig Minuten zu sterben.«

»Jawohl, Madam.«

»Ende und bis bald.«

Darian lenkte sich für die restliche Zeit ab, indem er die Plakette mit der Aufschrift abschraubte und die Räume mit der Kamera seines PortaComp dokumentierte. Als die Kommunikationsanlage das nächste Mal krächzend zum Leben erwachte, dachte Darian zunächst, dass sie nicht mehr richtig funktionierte, aber es war nur ein Anubis, der in seiner Muttersprache sprach.

Ayk war bereits an den Kontrollen und antwortete. Das Gespräch dauerte einige Zeit. Tani sah Darians verwirrten Gesichtsausdruck und begann, Teile davon zu übersetzen.

»Die Albion ist größtenteils luftleer. Also sind die Wanzen ausgeschwärmt, aber deine Evakuierungsroutine hat funktioniert. Der alte Schiffsteil steht noch unter Druck, die Schotten, die ihn vom Rest des Schiffes trennen, sind intakt. Das wird die Rettungsprozedur für die Anubis erleichtern. Sie haben unten eine Personenschleuse gefunden und planen, diese zu verwenden, um luftdicht eine Rettungskapsel anzubringen. Die Schleuse ist versiegelt, also müssen sie sie aufschweißen. Dass wir keine Raumanzüge haben, macht alles komplizierter, also müssen wir wieder warten.«

»Warten wird gerade zu meinem meistgehassten Wort. Aber klingt nach einem guten Plan. Du sprichst Anubisch?«

»Meine Stimmbänder sind genauso wenig geeignet wie deine, es zu sprechen, aber ich verstehe den verbalen Teil. Natürlich vermisse ich die olfaktorischen Komponenten.«

»Was du mit deiner Empathie kompensieren kannst. Sehr praktisch.«

Ayk schloss sich ihnen an und kratzte sein verfilztes Fell: »Sie kontaktieren uns, wenn sie so weit sind. Dann müssen wir nur noch zur Luke rennen.«

Tani legte den Kopf schief. »Die Matrone klang nicht glücklich.«

»Nein, sie wurde abrupt von einer anderen Mission abgezogen, um einen Mann zu retten, der in einem höheren Rang steht als sie. Das würde jede Frau verärgern. Darr'en, Matrone entspricht im Rang dem Kapitän eines Schiffes. Aber dieser Titel vermittelt die ursprüngliche Bedeutung besser.«

Tani zuckte mit den Schultern: »Ja, und hochrangige Frau und fähige Anführerin wäre ein bisschen lang in der Übersetzung. Also wird sie ihren Ärger an uns auslassen, da sie es bei dir nicht kann.«

»Möglich. Aber denkt daran, sie bellt nur und beißt nicht. Sie wird euch nichts tun.«

Tani sah Darian an: »Versuch dich nicht einschüchtern zu lassen. Die Anubis sind die größten Prädatoren auf ihrer Welt, wenn auch mittlerweile ein wenig mit Zivilisation überzuckert. Aber sie finden kleine ängstliche Lebewesen immer noch sehr faszinierend.«

Ayk schnaubte: »Mach uns nicht schlechter, als wir sind.«

»Ich sage nicht, dass ihr schlecht seid. Ihr seid genau das, was ihr seid – streng hierarchisch lebende, wilde Krieger. Und für einen Menschen, der bislang nur dir begegnet ist, ganz sicherlich höchst einschüchternd. Denn du, Ayk, bist kein typischer Vertreter deiner Rasse.«

Darian schluckte, er verlor sein Vertrauen in die Xeno-Soziologen und ihr gefeiertes Handbuch mit alarmierender Geschwindigkeit. Bevor er seine Bedenken äußern konnte, kam die schroffe Stimme der Matrone aus den Lautsprechern.

Ayk bestätigte und wandte sich dann an die anderen: »Okay, schnappt eure Sachen und dann lasst uns dieses verfluchte Schiff verlassen.«

Darian warf sich seinen Rucksack über die Schultern und öffnete die Tür. Sie glitt mit dem leichten Zischen ausgestoßener Atmosphäre zurück. Draußen war die Luft dünn und eiskalt, ihr Atem kondensierte vor ihnen. Sobald sie die Leiter hinunter waren, packte Ayk Tani und Darian und sprintete durch den Raum zu einer Ecke. Dort klaffte ein Loch in der Außenwand, das ins All zu führen schien. Die Ränder des Lochs waren heiß vom Aufschweißen, Dampf kräuselte sich um sie. Als Ayk in die Rettungskapsel sprang, stellte Darian fest, dass sie vollkommen durchsichtig war. Die Luke der kleinen rechteckigen Kapsel schloss automatisch und sie wurden mit daran befestigten Kabeln auf das Anubis-Schiff zugezogen, das die Form einer langgezogenen Pfeilspitze hatte.

Darian mochte das Gefühl gar nicht, ohne Raumanzug scheinbar im Weltraum zu stehen. Er war erleichtert, als sie von zwei Anubis in Raumanzügen in die Luftschleuse des Anubis-Schiffes gezogen wurden. Sobald die Luftschleuse unter Druck gesetzt war, wurde Darian in die fremdartig riechende, moschusgeschwängerte Luft des Schiffes entlassen. Die Luft hier war nicht wesentlich wärmer als an Bord der Albion.

Darian wurde von seinen Gefährten getrennt und ein schweigender Anubis mit Nasenfiltern führte ihn in einen blendend weißen Raum. Der Anubis untersuchte sorgfältig jeden Teil von Darians Rucksack und suchte dann Darian selbst nach versteckten Larven ab. In Anbetracht dessen, was sie durchgemacht hatten, nahm Darian diese Prozedur nicht übel, sondern gratulierte der Matrone im Stillen zu ihrer Gründlichkeit.

Als er fertig war, führte ihn der Anubis durch einen der inneren Korridore des Schiffes, dessen Decke Darian hoch überragte. Tani gesellte sich eine Minute später zu ihnen. In Anbetracht des verknitterten Aussehens seiner Kleidung hatte der Dr'ynn wohl dieselbe Prozedur durchlaufen wie er selbst. Ihr schweigender Führer bedeutete ihnen, ihm zu folgen. Tani hielt Darians Arm fest, als sie durch das Schiff gingen.

Darian spürte, wie der beruhigende Einfluss des Dr'ynn ihn überflutete.

»Du hast mir diesen Beeinflussungstrick nie erklärt.«

»Werde ich, versprochen. Nachdem wir das Treffen mit der Matrone hinter uns gebracht haben.«

Darian musste zugeben, dass er froh über Tanis Hilfe war. Alles auf diesem Schiff war aus seiner Sicht überdimensioniert, inklusive der Mannschaft. Er fühlte sich wie ein Kind. Die schroffe Sprache der Anubis, voller Schnappen, Knurren und Heulen, hallte um ihn herum wider. Rational wusste er, dass sie sich nur miteinander unterhielten, aber aus seinem menschlichen Erfahrungshorizont heraus klang es, als ob gleich ein Kampf ausbrechen würde. Als sie den Raum betraten, in dem die Matrone und Ayk auf sie warteten, klammerte sich Darian an Tani. Er konnte rationalisieren, so viel er wollte, die primären Teile seines Gehirns sagten ihm, dass er ein Nachkomme von Affen inmitten großer Raubtiere war.

»Versuch es mit harmlos. Das ist vermutlich einfacher für dich als ruhig«, flüsterte Tani.

»Ich bin harmlos. Wie kommst du so einfach damit zurecht?«

»Ich kann ihre Gefühle spüren. Und ich bin an die Rasse gewöhnt. Du bekommst gerade ungefiltert das volle Erlebnisprogramm auf einmal. Normalerweise finden die ersten Begegnungen in einer neutralen Umgebung statt und die Leute werden zuerst darauf vorbereitet, was sie erwartet.«

Ihr Führer ignorierte ihre Unterhaltung und ließ sie mit der Matrone und Ayk alleine. Wenn Darian das Geschlecht der Matrone nicht mitgeteilt worden wäre, hätte er sie nicht als weiblich erkannt. Es gab keine sichtbaren Merkmale, die sie von ihrem männlichen Gegenstück unterschieden. Ayk erkannte er auch nur an seinem verschmutzten Fell. Leicht verzweifelt fragte sich Darian, wie er je einen Anubis vom anderen unterscheiden sollte. Die Unterhaltung der beiden Anubis wirkte auf Darian, als wären sie kurz davor, sich an die Gurgel zu springen.

Die Matrone drehte sich um, warf den Neuankömmlingen einen eisigen Blick zu und wechselte in Human-Standard.

»Tan'lyn di'Aycht'os. Immer wenn es Probleme gibt, scheinst du involviert zu sein. Und diesmal hast du auch noch einen Menschen mitgebracht.«

Tani zuckte bei der vermutlich völlig falschen, harten Aussprache seines Namens leicht zusammen. Er senkte den Kopf und bot die linke Seite seiner Kehle dar. Laut dem Handbuch war diese Geste eine sehr höfliche Begrüßung. Um auf der sicheren Seite zu sein, ahmte Darian die Bewegung nach.

»Ich grüße dich, Matrone. Es tut mir leid, dir Ärger zu bereiten.«

Mit einem Schnauben drehte sich die Frau wieder zu Ayk um und Darian flüsterte in Tanis Ohr: »Hast du sie schon mal getroffen?«

»Keine Ahnung, ohne ihren Namen zu kennen. Scheint so.«

Wenigstens war Darian nicht der Einzige, der Probleme hatte, die Anubis untereinander auseinanderzuhalten.

Tani übersetzte Darian Teile der nun folgenden Unterhaltung: »Sie beschwert sich bei Ayk, dass du ihr Schiff verstinken wirst.«

»Ich stinke nicht.«

»Doch, das tust du. Genauso wie Ayk und ich. Erinnere dich, keine Zeit, um eine Dusche zu installieren. Aber das ist es nicht, was die Matrone meint. Erinnere dich, etwas in der menschlichen Biochemie irritiert den Geruchssinn der Anubis. Etwas, das du vermisst, laut Ayk.«

Ayk schien sich plötzlich aufzuplustern, er wurde größer und knurrte die Matrone an.

Tani schnalzte mit der Zunge: »Uh, das ist hart. Ayk ist gerade voll in den Muttermodus gegangen und hat uns als seine Schützlinge beansprucht. Und er meint das ernst. Keine Anubis-Frau wird sich mit einem Anubis-Mann in dem Gemütszustand anlegen.«

»Mir entgeht hier der ganze Spaß«, flüsterte Darian.

Ayk beruhigte sich wieder und sprach nun mit einer Stimme zu der Matrone, die sogar auf Darian gelassen und vernünftig wirkte. Darian bemerkte, dass Tani nun aktiv ein Gefühl ausstrahlte, das sagte: »Ich bin harmlos und unschuldig«. Raffinierter Dr'ynn. Er erinnerte Darian an Hobbes, den Kneazle-Kater den er als Kind gehabt hatte. Der war auch fähig gewesen, so ein ›Ich-bin-harmlos-und-unschuldig‹ Gefühl auszustrahlen, auch wenn er noch mitten im zerstörten Blumentopf saß.

Schließlich drehte sich die Matrone zu ihnen um, zog ihre Nasenfilter heraus und roch vorsichtig in Richtung von Darian: »In Ordnung, Mensch. Du bist hier willkommen. Aber ich schlage ein Bad vor.«

Darian senkte erneut den Kopf. »Danke, Matrone.«

Ayk sagte: »Matrone Baryk hat zugestimmt, euch beiden ein Quartier zu geben, damit ihr euch frisch machen könnt. Wir werden Station 3 von Perseus-Transit in etwa zwei Stunden erreichen, da wir ohne Notfall von der Flugsicherheit nicht mehr vorrangig behandelt werden. Eine weitere Stunde zum Andocken und Einchecken. Dann werden wir den Behörden in den Rachen geworfen, um diesen Schlamassel aufzuklären.«

Tani hatte einen überraschten Laut von sich gegeben, als der Name der Matrone genannt wurde, und war hinter

Darian zurückgewichen, wo er versuchte, sich so unsichtbar wie möglich zu machen. Offensichtlich war es jetzt an Darian, mit der Matrone sprechen.

»Danke für deine Rücksichtnahme, Matrone. Ich habe bereits einen vorläufigen Bericht abgegeben, also besteht Hoffnung, dass das Verfahren kurz sein wird.«

Darian war überrascht, als die Matrone plötzlich mit der Zunge rollte: »Ich kann riechen, dass du dich nicht mehr darauf freust, von den Beamten durchgekaut zu werden, als ich. Aber da sitzen wir im selben Schlamassel. Allein für den außerplanmäßigen Flug ins menschliche Hoheitsgebiet muss ich tausende Formulare ausfüllen.«

Vielleicht war das der wahre Grund, warum die Matrone so schlecht gelaunt war. Wenn, dann konnte Darian sie gut verstehen. Plötzlich fühlte sich seine Umgebung nicht mehr gar so unfreundlich an. Nichts vereinte schneller als geteilte Abneigungen.

Darian duschte in der Sanitäreinheit in Anubis-Größe. Der Duschkopf war doppelt so groß wie gewohnt und hoch über ihm. Darunter zu stehen fühlte sich an, wie in einem warmen Wasserfall zu baden. Danach durchsuchte er seinen Rucksack nach frischer Kleidung, musste sich aber mit ausreichend sauberer zufriedengeben. Der Overall, den er zuletzt angehabt hatte, war, wie alles andere, was er in den letzten Tagen getragen hatte, nur noch zum Recyceln geeignet. Mit einem angewiderten Seufzer warf er die Sachen zurück in den Rucksack, verärgert darüber, dass er wohl nicht umhinkam, tatsächlich wieder einmal Geld für Kleidung auszugeben. Außerdem waren die kurz rasierten Haare an der Seite seines Kopfes nachgewachsen und er sah wie ein Igel aus. Da er im Moment nichts weiter tun konnte, um sein Äußeres vorzeigbarer zu machen, mussten die Beamten wohl so mit ihm leben.

Als er die Sanitäranlage verließ, fand er Tani zusammengerollt in einem der übergroßen Stühle im Gemeinschaftsraum, den sie sich teilten. Der Dr'ynn hatte die Klimasteuerung der Kabine benutzt und die Heizung höher gedreht. Es war angenehm warm. Tani schien halb zu schlafen, sein Computer lag unbenutzt neben ihm. Er trug ein T-Shirt mit dem Logo einer Band, die vor ein paar Jahren im Erdquadranten der letzte Schrei gewesen war, und eine weite Hose. Seine Füße waren nackt. Sein Haar war in gewaschenem Zustand wirklich kastanienbraun und jetzt zu einem hohen Pferdeschwanz zusammengebunden. Darian merkte, dass er wieder anfing zu starren und verpasste sich verärgert einen mentalen Tritt in den Hintern – er hatte es wirklich satt. Tani war niemand, der Ehrfurcht verdiente. Die kuriose Begegnung mit der Matrone hatte ihm das nur wieder bestätigt. Er hüpfte auf einen der anderen Stühle, ließ sich in den bequemen, tiefen Polstern nieder und warf dem Dr'ynn einen prüfenden Blick zu. Darian war erschöpft und die Erleichterung, sauber, warm und an Bord eines wanzenfreien Schiffes zu sein, zerrte seinen Körper in den Schlaf. Aber er hatte das Gefühl, dass der Dr'ynn nicht gut mit Behörden auskam. Es war gut möglich, dass das die letzte Gelegenheit war, in Ruhe mit ihm zu sprechen.

»Tani!«

Der Dr'ynn hob aufgeschreckt den Kopf: »Was?«

»Würdest du mir ein paar Dinge erklären?«

Tani lehnte sich seufzend zurück: »Was willst du wissen?«

»Als Erstes, was zwischen dir und der Matrone passiert ist.«

»Lediglich ein unglückliches Missverständnis. Nächste Frage?«

»Du und folglich auch der Rest deiner Rasse können nicht nur Emotionen spüren, sondern offensichtlich auch andere Lebensformen mit ausgesandten Emotionen beeinflussen. Können wir darüber reden?«

»Lieber darüber als über die Geschichte mit der Matrone. Ja, wir können Emotionen sowohl empfangen als auch aussenden. Aber was wir aussenden, muss zur Situation passen, um eine Wirkung zu erzielen. Wir können niemanden dazu zwingen, uns zu glauben.«

»Wenn du ›Ich bin harmlos‹ aussenden würdest, wie bei der Matrone, aber eine Waffe in der Hand hättest, würde es nicht funktionieren?«

»Nein, sie würde mich ohne Zögern ins nächste Jahrhundert treten. Und ich finde es höchst faszinierend, dass du offenbar bewusst wahrnehmen kannst, wenn ich aktiv eine Emotion ausstrahle und welche Absicht ich damit verfolge. Ich meine, fast alle Menschen sind schwach empathisch, aber dass ein Mensch abgestrahlte Emotionen bewusst wahrnehmen kann, ist ziemlich ungewöhnlich.«

»Menschen sind emphatisch?«

»Natürlich. Denk zum Beispiel an euren Ausdruck ›eine eisige Atmosphäre‹. Wenn du einen Raum betrittst, weißt du gleich, wenn etwas nicht in Ordnung ist. Ein Teil davon kommt vom Lesen der Körpersprache, aber du spürst es auch auf einer tieferen Ebene.«

»Ich bin aber sicher kein Empath auf dem Niveau deiner Rasse. Und nebenbei bemerkt froh darüber.«

»Nein, das bist du nicht. Aber du bist sehr empfänglich für einen Menschen, selbst wenn ich die natürliche Varianz deiner Rasse berücksichtige. Und ich frage mich, warum du dich jetzt so defensiv fühlst?«

»Ich bin kein Studienobjekt.«

»Ah, du und deine Geheimnisse. Du bist wirklich ein Rätsel für mich, und ich habe nicht die geringste Ahnung, was ich als Nächstes von dir zu erwarten habe ... Siehst du, das macht dich gleich wieder fröhlicher.«

»Könntest du diese Informationen für dich behalten? Ich mag keinen laufenden Kommentar über mich hören. Sag mir lieber, wie du deine Anwesenheit verbirgst, wenn du nicht bemerkt werden willst.«

»Das ist auch nur ein Trick mit ausgesandten Emotionen. Menschen verarbeiten bewusst nur einen Bruchteil der Informationen, die ihnen ihre Sinne über ihre Umgebung liefern. Sie nehmen nur das wahr, was für sie wichtig oder relevant ist. Also senden wir einfach: ›Ignoriere mich, ich bin unwichtig‹ aus, um uns zwischen den anderen Dingen zu verstecken, die eure Gehirne als unwesentlich herausfiltern und nicht bewusst verarbeiten. Und auch das würde nicht funktionieren, wenn ich dich angreife oder mich sonst auffällig verhalten würde. Außerdem ist es in einer Menschenmenge und maskiert einfacher, weil so ein Beobachter gar nicht bemerkt, dass er einen Dr'ynn vor sich hat. Sobald mich jemand näher kennt, wird es schwieriger, denn ein vertrautes Gesicht wird viel eher als wichtig eingestuft.«

Darian dachte darüber nach: »Und mit Kameras und anderen elektronischen Geräten funktioniert es gar nicht, also versuchst du, so menschlich wie möglich zu erscheinen.«

»Richtig. Es funktioniert übrigens auch bei den anderen Rassen. Es ist nur um einiges schwieriger, unter ihnen unauffällig zu bleiben, weil sie sich im Aussehen deutlich von uns unterscheiden. Die einzige Ausnahme, wo es gar nicht funktioniert, sind die Traan.«

Die Traan waren eine Insektenrasse und der Rest der raumfahrenden Rassen versuchte immer noch, einen Konsens mit ihnen und ihrem Schwarmdenken zu finden.

»Tani, hast du die Absicht, mich zu töten?«

»Was?«

Der Dr'ynn setzte sich aufrecht hin, ausnahmsweise völlig überrascht, aber er spürte den Ernst von Darians Frage.

»Du erzählst mir all diese Geheimnisse. Ich kann mir nicht vorstellen, dass deine Rasse normalerweise so offen mit ihnen ist.«

»Nein, sind wir nicht«, Tani rieb sich das Gesicht. »Wie soll ich das erklären? Die Menschen denken immer, dass wir Dr'ynn nichts mit eurer Rasse zu tun haben wollen. Aber das ist nicht wahr. Ihr fasziniert und verwirrt uns und wir haben ein wenig Angst vor der großen Bandbreite eurer Gefühle. Und wozu ihr fähig seid, wenn ihr euch von ihnen leiten lasst. Ich will dich nicht über deine eigene Rasse belehren, aber denk an Willy und seine Kumpel, die uns im Weltraum zurückgelassen haben, um ihre eigenen Hintern zu retten, und dann an Winni, die uns noch nie begegnet ist, aber alles getan hat, um uns zu helfen. Ihr könnt grausam und großzügig sein, voller Hingabe an andere oder extrem egoistisch, und manchmal alles in ein und derselben Person verpackt. Wir wissen bei euch nie, was uns erwartet. Deshalb sind wir froh, wenn wir einem Menschen begegnen, bei dem wir das Gefühl haben, dass wir ihm vertrauen können. So wie dir. Als ich dich kennengelernt habe, dachte ich zuerst, du würdest wie Willy sein. Aber du hast mich schnell vom Gegenteil überzeugt. Du hättest dich fast umgebracht, als du uns geholfen hast, und ich weiß, dass du das nicht nur aus Selbsterhaltungstrieb getan hast. Du hast schnell gelernt, problemlos mit zwei Spezies umzugehen, denen du noch nie begegnet bist. Ich weiß, dass dir das nicht bewusst ist und ich dich in Verlegenheit bringe, wenn ich das sage, aber du bist ein sehr ungewöhnlicher Mensch. Und wir haben ein Sprichwort: Wenn du willst, dass jemand deine Geheimnisse bewahrt, mach ihn zu deinem Freund.«

»Das klingt ein bisschen berechnend.«

»Ist es nicht, es verliert in der Übersetzung ein wenig.«

Tani wiederholte den Satz in seiner eigenen Sprache. Diesmal verstand Darian die Worte nicht, aber er spürte eine zusätzliche Bedeutung, die sich in etwa so ausdrückte: »Gemeinsam stärker als getrennt«. Darian nahm sich die Zeit, das, was Tani ausstrahlte, aktiv zu analysieren, und konnte keine bösen Absichten erkennen.

»Ich verstehe, was du meinst. Okay, ich glaube dir, dass du nicht die Absicht hast, mir zu schaden. Aber ich habe trotzdem den Eindruck, dass du als Person einen etwas zwielichtigen Charakter hast.«

»Ich bevorzuge den Ausdruck vielschichtig. Und ich finde es beeindruckend, dass du die Nebenbedeutungen meiner Sprache spüren kannst.«

»Fang' nicht schon wieder damit an, wenn ich gerade beginne, dir zu vertrauen.«

»Tut mir leid, schlechte Angewohnheit. Aber du bist für mich wirklich sehr interessant.«

Tani rollte sich wie eine Katze auf dem Stuhl herum und betrachtete einen seiner nackten Arme: »Abgesehen von deiner Sensibilität für unsere Form der Empathie, musst du zugeben, dass wir uns körperlich ein schon recht ähnlich sehen. Äußerlich ähnelst du einem Dr'ynn. Ich denke, deine Mutter hat einige unserer genetischen Muster verwendet, als sie dich entworfen hat. Und wir geben unser genetisches Material nicht einfach an jeden Beliebigen weiter.«

Das ging – schon wieder – in eine Richtung, in die Darian nicht zu gehen bereit war, also versuchte er, Tani abzulenken: »Was bedeuten deine Tätowierungen?«

»Familienzugehörigkeit, Position, Ausbildung. Im Grunde genommen, was ich bin und was ich getan habe.«

Die Tür ging zischend auf und ein Anubis betrat den Raum. Auf einer instinktiven Ebene erkannte Darian ihn als Ayk, obwohl dieser Anubis gut gepflegt war und eine violette Schärpe über einer Schulter trug und einen komplexen Kommunikator an einem Ohr befestigt hatte. Er hatte Tanis letzte Worte aufgeschnappt und sagte: »Ah, ich glaube,

Dr'ynn haben diese Tätowierungen nur deswegen, weil ihre Familienbeziehungen so kompliziert sind, dass sie ohne die Tätowierungen nicht einmal selber den Überblick bewahren könnten.«

Tani warf ihm einen eisigen Blick zu. »Wie ich sehe, sind die Ferien vorbei und du arbeitest wieder.«

Also hatte Darians Bauchgefühl recht gehabt und es war wirklich Ayk.

»Ja, ich dachte, es könnte uns auf der Station helfen, wenn ich als offizieller Vertreter meiner Rasse auftrete und nicht als irgendein x-beliebiger schiffbrüchiger Außerirdischer. Wir sind dabei anzudocken, aber es besteht noch keine Eile. Ich wollte nur sehen, wie es euch geht.«

»Gut. Mir fehlt nur etwas zum Anziehen, das eine Kapuze hat und nicht mit Säure vollgespritzt ist.«

Tani klang missmutig. Er freute sich offensichtlich nicht darauf, eine von Menschen bewohnte Station zu besuchen.

Darian kramte in seinem Rucksack und fand ein weitgehend sauberes Kapuzen-Sweatshirt und warf es dem Dr'ynn zu. Was seine Bekleidungsauswahl auf nur noch einen intakten Overall schrumpfte.

Ayk strich Darian mit einer weichen, pelzigen Pfote über die abstehenden Haare auf seinem Kopf: »Du riechst verunsichert. Tani, was hast du gesagt?«

»Warum bin immer gleich ich im Verdacht?« Tanis Stimme war durch das über den Kopf gezogene Sweatshirt gedämpft. »Ich habe deinem neuesten Welpen nichts getan.«

»Weil außer dir keiner da ist?«

Tani hatte den Kampf mit dem Sweatshirt gewonnen und sagte: »Darian, lass dich nicht so von ihm knuddeln, das bleibt hängen. Glaub mir.«

»Du hast dich nicht beschwert, als ich dich damals einen Flohbiss vor tot gefunden habe.«

»In Human-Standard heißt das fast tot.«

Das Ganze lief aus dem Ruder und Darian hatte irgendwo im Gespräch den Überblick verloren.

»Wartet, worum geht es hier?«

Tani schnalzte mit der Zunge: »Glückwunsch, du bist von einem Anubis adoptiert worden.«

»Aber ich bin ein Mensch und kein Welpe, ähm Kind.«

Ayk setzte sich neben ihn und sah ihn ernst an: »Ich weiß, Darr'en. Aber in den Augen eines alten Mannes wie mir bist du noch sehr jung.«

»Du siehst nicht alt aus für mich.«

»Nicht steinalt, aber meine Jungen sind erwachsen, und ich habe meine besten Jahre schon lange hinter mir. Du hast viel für uns riskiert Darr'en, also lass mich den Gefallen erwidern. Und du musst zugeben, dass du dazu neigst, einfach in die Gefahr zu stürmen, ohne dich um die Folgen und die Risiken für deinen Körper zu kümmern. Du hast auf dem Schiff etwas in deinem Gehirn beschädigt, habe ich recht?«

Offensichtlich wollte ihn heute jeder mit unbequemen Fakten konfrontieren.

»Ich bin mir nicht sicher. Nur ein auf Implantate spezialisierter Mediziner könnte mir das mit Sicherheit sagen.«

»Wir kümmern uns auf der Station darum, hm?«

Ayk spürte Darians Verzweiflung und drückte ihn an seine pelzige Brust. Darian wusste, dass er sich von dieser einfachen Geste nicht trösten lassen sollte. Aber es war leicht, den Trost des Anubis anzunehmen, einfach weil er so direkt war. Darian war immer noch unsicher, was er von Tani halten sollte, aber Ayk sagte und tat genau das, was er meinte. Außerdem war er schön flauschig, wenn er nicht gerade voll Wanzenschleim war.

Darian befreite sich und räusperte sich: »Was genau ist eigentlich deine Position in der Botschaft?«

»Die Menschen würden es vermutlich Haupt-Administrator nennen.«

»Praktisch leitet er die Botschaft«, schaltete Tani sich wieder ein. »Die Botschafter wechseln, er bleibt.«

Ayks Kommunikator piepte und es ertönte ein paar Sekunden lang eine unbekannte Stimme.

»Okay, wir sind bereit, von Bord zu gehen.«

»Warte. Noch eine Sache.«

Darian holte den Dolch aus seinem Rucksack und hielt ihn Tani hin, der gerade in seine Stiefel schlüpfte: »Hier, der gehört dir.«

»Wenn du willst, kannst du ihn behalten. Ich kann mir jederzeit ein neues ›Artefakt‹ besorgen. Ich kann sogar die Lizenz auf dich übertragen.«

»Nein, danke. Das ist einfach nicht mein Stil. Ich ziehe es vor, das gesammelte Wissen und die Erfahrungen von dieser Reise zu behalten, nicht eine Waffe.«

Ayk schnaubte: »Jetzt klingst du wie ein Dr'ynn.«

Darian brauchte eine Sekunde, um die musikalischen, von rhythmischem Zungenschnalzen akzentuierten Töne, die aus Tani hervorbrachen, als Lachen zu identifizieren.

»Ach halt die Schnauze.«

Matrone Baryk wartete vor der Tür auf sie und führte sie zur Dockschleuse des Schiffes. Die breiten Korridore öffneten sich in regelmäßigen Abständen zu höhlenartigen Räumen, und Darian betrachtete interessiert die technischen Geräte darin. Einige davon erkannte er anhand der Funktion, andere waren ihm völlig fremd. Sie kamen an drei Anubis vorbei, die neugierige Blicke in Darians Richtung warfen und sich dann angeregt miteinander unterhielten. Die Matrone schnauzte sie mit ein paar Worten an, woraufhin sie sich beruhigten, aber Darian konnte spüren, wie ihre Blicke sich in seinen Rücken brannten.

»Was ist los? Habe ich etwas falsch gemacht?«

Die Matrone schnaubte: »Nein, sie sind nur neugierig.«

Ayk schnalzte mit der Zunge: »Du hast einen neuen Spitznamen bekommen: ›Mensch, der nicht stinkt‹. Das mag für dich wie eine Beleidigung klingen, aber das ist es nicht.«

»Warum sind sie so interessiert?«

»Die meisten Besatzungsmitglieder sind Wissenschaftler, und du weißt ja, wie die sind.«

»Das ist ein Forschungsschiff?«

Die Matrone sagte gereizt: »Du hast doch nicht gedacht, dass ein bewaffnetes Militärschiff so schnell in euer Gebiet hätte eindringen dürfen.«

»Und jetzt wundern sich die Wissenschaftler, warum ich nicht wie der Rest meiner Rasse rieche?«

»Oh, sie glauben, sie wissen warum. Nach dem ersten Kontakt zwischen unseren Spezies wurde ein gemeinsames Team von Wissenschaftlern gebildet, um einen Weg zu finden, den biochemischen Aufbau eines Menschen so zu verändern, dass sein Geruch unsere Nasen nicht reizt. Sie hatten schnell Erfolg und waren mit dem Ergebnis zufrieden. Nur dass sich dann niemand wirklich für die neue xenomorphe Eigenschaft interessierte. Welcher Mensch bei Verstand würde für so eine Eigenschaft bezahlen? Uns macht es nicht viel aus. Nasenfilter sind billig und einfach. Die Wissenschaftler wollen nur wissen, ob tatsächlich jemand die Eigenschaft benutzt hat.«

»Ich habe einige xenomorphe Genanpassungen, vielleicht ist sie da darunter«, sagte Darian unverbindlich.

Tani hinter ihm tanzte praktisch vor unterdrückter Neugier, aber die Anwesenheit der Matrone ließ ihn schweigen. Darian fragte sich einmal mehr, was seine Mutter sich dabei gedacht hatte, als sie ihn entworfen hatte. Aber sein Limit an unangenehmen Fragen war für diesen Tag erreicht. Er schob alles nachdrücklich in den Hintergrund seines Bewusstseins und konzentrierte sich auf die Gegenwart.

Auf Perseus-Transit 3 wurden sie von einem Vertreter der zivilen Raumfahrtbehörde in Empfang genommen, der sie in einen kleinen Konferenzraum führte. Nachdem alle Platz genommen hatten, fragte der Beamte mit desinteressierter, monotoner Stimme: »Matrone Baryk und zwei Schiffbrüchige?«

Die Matrone knurrte irritiert, was den Beamten kurz zusammenzucken ließ: »Drei Schiffbrüchige.«

Dann warf sie einen Blick hinter sich und knurrte noch tiefer: »Und wir haben den Dr'ynn gerade irgendwie verloren.«

Der Mann sah jetzt ein wenig eingeschüchtert aus: »Das ist in Ordnung. Wir haben eine Standardklausel für Dr'ynn, dass ein Begleiter die Formulare für sie ausfüllen kann. Dr'ynn melden sich sowieso nie bei der Versicherung.«

Ayk murmelte: »Ich habe mich schon gewundert. Ich hatte erwartet, dass er schon früher verschwindet.«

Die Matrone und Darian starrten ihn an. Ayk hob beschwichtigend die Hände: »Ja ja, ich fülle die Formulare für ihn aus.«

Die nächsten Stunden waren ein bürokratischer Alptraum, gingen aber, abgesehen von der Gefahr, dabei wahnsinnig zu werden, ohne Probleme vorüber. Darians nächster Termin war ein Treffen mit einem Vertreter von Haul'R'Us. Den interessierte in erster Linie, ob die Frachtcontainer noch intakt gewesen waren, als sie die Albion verlassen hatten. Darian hatte das Gefühl, dass die Weltraumwanzen bald fröhlich an einem neuen Schiff knabbern würden. Darian bestach dann den Vertreter, dass der seinen Arbeitsvertrag einfach mit ›ausgelaufen‹ beendete, ohne zusätzliche Informationen. Trotz allen Fortschritts waren viele Crews immer noch abergläubisch und stellten niemanden ein, der einmal in einen Schiffbruch verwickelt gewesen war. Die Bestechung verschlang den größten Teil der Prämie, die Darian nach seinem Job auf der Prospero bekommen hatte.

Als er endlich aus der Besprechung kam, war er todmüde, hungrig und frustriert. Ayk hatte ihm zwischendurch eine Nachricht auf seinen PortaComp geschickt. Er hatte ihm ein Quartier besorgt und war nun am Weg in die Botschaft, um sich nach seiner Abwesenheit einen Überblick über den Stand der Dinge zu verschaffen.

Darian begab sich in das Quartier, besorgte sich eine Mahlzeit und schlief dann zwölf Stunden lang. Danach sah die Welt nicht mehr ganz so freudlos und deprimierend aus. Als erstes sorgte Darian dafür, dass die Plakette von der Albion mit dem nächsten Kurier-Shuttle zu Winnis Außenposten geschickt wurde. Dann suchte er die medizinische Einrichtung der Station auf, in der Ayk ihm wie versprochen einen Termin organisiert hatte. Die Ärztin dort ließ Ariels herben Charme vermissen und teilte ihm schlicht mit, dass der Schaden nicht dauerhaft war, solange er sein Implantat in den nächsten zwei Monaten nicht benutzte. Gleichermaßen erleichtert, glimpflich davon gekommen zu sein, und verärgert wegen der Einschränkung, ging Darian zurück in sein Quartier und verbrachte zwei angenehme, wenn auch kostspielige, Stunden damit, sich per Videotelefonie mit Winni zu unterhalten. Es stellte sich heraus, dass sie in seinem Alter war, rothaarig und süße Sommersprossen hatte. Darian gab ihr seine Mailbox-Adresse. Vielleicht würde er noch einmal von ihr hören, aber das Senden von Nachrichten, sobald sie einen Raumzeitstrahl benötigten, war teuer.

Dann hatte er alles erledigt, was er zu erledigen hatte. Er überlegte, was er tun sollte. Es stand ihm frei zu gehen, aber er brachte es nicht übers Herz, einfach zu verschwinden, ohne sich von Ayk zu verabschieden und ihm für seine großzügige Hilfe zu danken. Abgesehen davon würde er sich dann genauso mies verhalten wie Tani. Er war sauer auf den Dr'ynn, weil der einfach sang- und klanglos abgehauen war. Außerdem fühlte er sich zu seiner eigenen Überraschung ein wenig einsam. Seine Stimmung schwankte zwischen Selbstmitleid und Wut über genau dieses Gefühl, das so gar nicht zu ihm passte. Er hatte in seinem Leben schon so viele Menschen zurückgelassen und sich von jeglichen emotionalen oder sonstigen Bindungen ferngehalten. Manchmal mit einem Gefühl der Erleichterung, manchmal mit Bedauern, aber immer mit dem Wunsch, weiterzugehen. Er wusste nicht, was ihn dieses Mal zurückhielt. Oder vielleicht wusste er es doch. Seit er seine Heimatwelt verlassen hatte, hatte er sich niemandem mehr geöffnet. Unter seiner freundlichen Fassade war er ein extrem distanzierter Mensch. Er hatte gute Gründe dafür, zumindest dachte er das. Diesmal aber hatten ihm die sensiblen Sinne seiner außerirdischen Gefährten keine Wahl gelassen. Die Wahrung einer Privatsphäre, oder auch nur die Möglichkeit, ein Gefühl für sich zu behalten, war mit den beiden Aliens in unmittelbarer Nähe unmöglich gewesen. Manchmal war es lästig gewesen, aber ebenso oft beruhigend und seltsam tröstlich. Und er hatte sich von den beiden auch unter den schwierigen Umständen nie im Stich gelassen gefühlt.

Das Ding-Dong der Türklingel riss Darian aus seinen trüben Gedanken. Draußen stand Ayk, in der Hand eine Flasche mit einer giftigen grünen Flüssigkeit. Darian umarmte den Anubis erleichtert und überraschte sich damit selbst. Ayk klopfte ihm sanft auf den Rücken und schob ihn zurück in den Raum.

Hinter Ayk schlüpfte eine zweite Gestalt durch die Tür und Darian erkannte sein Sweatshirt wieder.

Er verpasste Tani einen kräftigen Schlag in die Seite und bereute es sofort, als seine Faust auf den überraschend unnachgiebigen Dr'ynn prallte. Trotzdem schrie Tani überrascht auf: »Au, meine Rippen. Ayk bekommt eine Umarmung und ich werde geschlagen?«

Darian massierte seine schmerzende Hand: »Du hast Rippen?«

»Nein, habe ich nicht, aber ich wüsste nicht, welchen anderen Ausdruck ich benutzen sollte. Aber - warum? Nicht warum du mich geschlagen hast. Du hast deine Gefühle deutlich genug gesendet. Ich verstehe nur den Grund für deinen Zorn nicht.«

Darian musste sich eingestehen, dass er seine Frustration absichtlich mit dem Schlag mitgesandt hatte, in dem Wissen, dass Tani sie nicht ignorieren konnte. Ayk stellte ruhig die Flasche auf den Tisch: »Darr'en, er versteht es wirklich nicht. Erkläre es ihm einfach.«

»Erst redest du von Vertrauen und Freundschaft und dann verschwindest du ohne ein Wort der Warnung.«

Tani schob seine Kapuze zurück: »Aber ich hatte die Absicht, zurückzukehren.«

»Und woher hätte ich das wissen sollen? Ich kann deine Absichten und Motive nicht spüren, wenn du sie nicht aktiv übermittelst.«

Tani schaute verlegen drein: »Das hatte ich vergessen. Kommunikation ist so mühsam und anfällig für Missverständnisse, wenn man sich auf Worte beschränken muss.«

Ayk hatte drei Gläser geholt und goss grüne Flüssigkeit hinein: »Eigentlich ist Tani alt genug, um ein binäres Gespräch zu führen. Aber zu seiner Verteidigung, wenn man dreifache Kommunikation auf zweifache reduziert, besteht immer die Gefahr des Informationsverlustes.«

»Dreifach?«

»Primär - das gesprochene Wort, sekundär – Mimik und Körpersprache, tertiär – im Falle der Anubis Geruch und bei den Dr'ynn Empathie. Ein wichtiger Teil der Ausbildung zum diplomatischen Gesandten ist es, zu lernen, wie man, ohne Bedeutung zu verlieren, in nur zwei Kanälen kommuniziert.«

Tani murmelte: »Ich bin kein Diplomat.«

Ayk drückte Darian und Tani Gläser in die Hand: »Hier, nehmt einen Schluck Quizz. Der hilft auch, Kommunikation einfacher zu machen, glaubt mir.«

Beide sahen zweifelnd auf die grüne Flüssigkeit hinunter, bevor sie einen kräftigen Schluck nahmen. Der Quizz brannte wie Feuer in Darians Kehle und ließ ihn husten. Tani schnappte auch nach Luft und stellte sein Glas ab.

»Belehrungen über ausreichende Konversation beiseite gelassen, ich wollte dir ein Angebot machen, Darian. Du hast meine Tätowierungen gesehen. Wenn du einverstanden bist, kann ich dir ebenfalls eine machen. Sie würde meinem Volk zeigen, dass man dir vertrauen kann.«

Darian nahm einen zweiten Schluck Quizz, der ihm jetzt schon besser schmeckte.

»Echt? Ein Gütesiegel, dass ich harmlos bin? Ich weiß nicht, ob ich mich geehrt fühlen soll oder beleidigt.«

»Fühl dich geehrt«, warf Ayk ein, leerte sein Glas und kräuselte genüsslich die Schnauze. »Dr'ynn machen das sehr selten.«

»Tani, beantworte mir zuerst noch eine Frage. Bin ich nur eine interessante Geschichte oder ein Studienobjekt für dich?«

Der Dr'ynn gab einen verärgerten Laut von sich, hob sein Glas auf und leerte es auf einen Zug. Was prompt seine Augen mit einer goldfarbenen Flüssigkeit tränen ließ.

»Darian, ich kann einem Rätsel nicht widerstehen. Wenn ich eine unvollständige Geschichte finde, muss ich darin herumstochern. Aber das ist nicht der Grund für die Tätowierung. Du bist eine Person, die es wert ist, kennengelernt zu werden. Und ich glaube, dass du für mein Volk wertvoll sein kannst.

Und auf einer persönlicheren Ebene: Du hast bereits bemerkt, dass soziale Interaktionen nicht meine Stärke sind. Ich habe selbst mit meiner eigenen Rasse Schwierigkeiten, Beziehungen zu führen, aber ich würde gerne wissen, was mit dir in Zukunft passiert.«

Tani streckte eine Hand aus, mit der Handfläche nach oben, und Darian berührte sie behutsam. Er spürte, wie sich Tanis Geist für ihn öffnete. Nicht eine der gezielten Emissionen, mit denen er seine Umgebung zu beeinflussen versuchte, sondern nur die Wahrheit dessen, was er war. An der Oberfläche waren Aufrichtigkeit, Unsicherheit und eine unstillbare Neugier zu erkennen. Auf einer tieferen Ebene entdeckte Darian eine Persönlichkeit, die zu komplex war, um sie schnell zu analysieren - sardonisch, kapriziös und zu einem gewissen Grad rücksichtslos, abgemildert durch einen Anflug von Mitgefühl und Sympathie. Tief im Inneren, ganz hinten in Tanis Kopf, befand sich ein dunkles Netz aus Einsamkeit, Schmerz und Bitterkeit.

Darian war sich nicht sicher, ob Tani wirklich gewollt hatte, dass er das alles sah, aber er hatte das Gefühl, dass der Dr'ynn eine Antwort verdiente: »Ich habe kein großes Geheimnis. Du hast recht, ich möchte Aufmerksamkeit vermeiden. Aber das hat nichts damit zu tun, dass ich ein GenOpt bin. Ich bin der Sohn ehemals sehr reicher Eltern, die sich eine Menge Modifikationen leisten konnten. Dann ging alles auf eine sehr hässliche Weise den Bach hinunter, daher die Scham und die Schuldgefühle. Ich weiß wirklich nicht, warum meine Mutter mich so geschaffen hat, wie sie es hat. In Anbetracht der Ereignisse der letzten Tage wollte sie mir vielleicht die Kommunikation mit anderen Rassen erleichtern.«

Tani emittierte sofortigen Zweifel und Darian seufzte: »Kann sein, dass mehr hinter meinem genetischen Design steckt, aber das interessiert mich nicht. Ich will einfach nur ich sein. Nicht irgendjemandes Wissenschaftsprojekt oder Studienobjekt.«

Tanis Gefühle beruhigten sich zu schlichter Akzeptanz und laut sagte er: »Wenn du deine Meinung änderst und mehr herausfinden willst, lass es mich wissen. Ich helfe dir gerne.«

»Darauf kannst gerne geduldig warten. Aber ich akzeptiere die Tätowierung und das, was du mir auf persönlicher Ebene anbietest.«

Ayk, der bereits sein zweites Glas Quizz getrunken hatte, betrachtete sie zufrieden, als hätte ein heimlicher Plan perfekt funktioniert, und sagte: »Wisst ihr, ihr könntet es einfach Freundschaft nennen.«

Darian spürte, wie er und Tani augenblicklich vor diesem Gedanken zurückschreckten. Aber unter diesem stärkeren Gefühl lag eine schüchterne Akzeptanz. Schnell ließen sie die Hand des jeweils anderen los.

Ayk brummte: »Ihr zwei führt euch auf wie hibbelige Anbraks. Hier, trinkt noch ein Glas Quizz.«

Danach wurde schnell alles ein wenig verschwommen. Tani zeichnete die Tätowierung mit einer seltsamen Flüssigkeit, die er mitgebracht hatte, unter Darians rechtes Schlüsselbein. Darian sah fasziniert zu, wie die Farbe schmerzlos unter seine Haut sank. Die Zeichnung war ein kompliziertes, gewundenes Muster, das in einem nach unten gezogenen Schnörkel endete. Darian war sich relativ sicher, dass die letzte Verzierung nicht ein ursprünglicher Teil der Tätowierung, sondern auf Tanis mittlerweile leicht schielenden, betrunkenen Zustand zurückzuführen war. Ayk schlug vor, als Nächstes einen Anbrak auf Darian zu zeichnen, ein winziges, scheues, kaninchenähnliches Flugtier, das auf seiner Herkunftswelt heimisch war. Glücklicherweise wusste Tani nicht, wie Anbraks aussahen, denn zu diesem Zeitpunkt konnte er schon keine gerade Linie mehr zeichnen. Sonst hätte Darian an diesem Abend als ziemlich psychedelische Graffiti-Wand geendet. Das Letzte, das Darian mitbekam, war, dass Ayk Tani und ihn vom Boden aufhob und ins Bett brachte.

Als Darian aufwachte, pochte und schmerzte sein Kopf auf eine ganz neue Weise und definitiv anders als nach einer Sitzung im Netzwerk. Automatisch schob er Tani beiseite, der ein heißes, stickiges Gewicht an seiner Seite war. Er richtete sich halb auf und hielt sich stöhnend den Kopf: »Ich dachte, ich wäre immun gegen Gift.«

»Ich auch«, ächzte Tani, rollte sich auf den Rücken und hielt sich ebenfalls den Kopf.

Ayk betrat den Raum, zwei Tassen in den Pfoten. Er war irritierenderweise hellwach.

»Hier, das wird euren Köpfen helfen. Jedem nach seiner Biochemie.«

Darian setzte sich auf, nahm seine Tasse und trank. Wenn schlechter Geschmack ein Indikator für die Wirksamkeit war, dann war das Gebräu sehr wirksam. Darian schüttelte sich angewidert.

Tani trank ebenfalls und verzog den Mund: »Weißt du, ein verantwortungsvoller Vater hätte seine Welpen nicht unter den Tisch gesoffen.«

Darian leerte seinen Becher: »Und da du offenbar schon vorher Vorbereitungen für den Tag danach getroffen hast, hätte ich fürs nächste Mal eine Bitte: Wenn du mich wieder in einen Vollrausch trinkst, möchte ich am nächsten Morgen neben einer schönen, kurvenreichen Frau meiner eigenen Spezies aufwachen und nicht neben einem verkaterten Dr'ynn.«

»Kaffee, ans Bett serviert für mich«, sagte Tani.

Worauf Darian hemmungslos unkontrolliert zu lachen begann, weil Ayk plötzlich vor seinem inneren Auge in eine

Dienstmädchenschürze gekleidet auftauchte. Tani, der in seinem noch benebelten Zustand leicht zu beeinflussen war, ließ sich davon anstecken, ohne zu wissen warum. Ayk beobachtete die beiden Humanoiden schweigend, wie sie sich auf dem Bett hin und her wälzten und dabei abwechselnd lachten und stöhnten. Er kam er zum Schluss, dass es für ihn im Moment nichts zu sagen gab, und ließ sie allein.

Als Tani sich wieder beruhigt hatte, stützte er sich auf die Ellbogen: »Du bist dir bewusst, dass Ayk mit uns spielt.«

Darian nickte: »Das ist mir klar. Er will, dass wir uns vertragen. Und während ich auf jeden anderen wegen so einer Einmischung wütend wäre, bei ihm kann ich es einfach nicht sein.«

»Ich weiß. Du hast ihn noch nie gesehen, wenn er seinen Job macht. Da ist er hart und weiß, wie er seinen Willen durchsetzen kann. Aber bei uns ist er ein alter, sanftmütiger Teddybär.«

Das Schmerzmittel tat seine Wirkung und Darian stand auf. »Ich hoffe, er versucht nicht immer noch, seine Fantasie auszuleben, anhand von uns beiden Balzverhalten zu studieren.«

Tani setzte sich abrupt auf und schob sich die Haare aus dem Gesicht, »Er würde nicht ... oh, verdammt.«

»Entspann dich, es war nur ein Scherz. Glaube ich.«

Tani schüttelte den Kopf, um den Gedanken aus seinem Kopf zu bekommen, und stand aus dem Bett auf: »Ich habe in der Zwischenzeit mit ein paar meiner Leute gesprochen, und ich habe möglicherweise eine neue Stelle für dich gefunden. Aber du müsstest nach Perseus-Transit 6 fliegen.«

»Kein Problem. Im Moment bin ich hier auf PT-3 zu bekannt und es wäre schwer für mich, hier einen Job zu finden nach dem Schiffbruch.«

Nachdem er von Tanis Angebot gehört hatte, schlug Ayk Darian vor, sich vom Forschungsschiff von Matrone Baryk nach PT-6 mitnehmen zu lassen: »Sie scheint Gefallen an dir gefunden zu haben und würde in etwa vier Stunden abdocken.«

»Werde ich ihr nicht lästig sein?«

»Nein, ich denke, sie mag es, zur Abwechslung einmal mit einem Menschen zu reisen, den sie riechen kann.«

Darian hatte den Verdacht, dass ihr Wohlwollen auch mit seinen, bisweilen nicht gerade freundlichen, Gefühlen Tani gegenüber zu tun hatte. Er musste die Geschichte zwischen ihm und der Matrone unbedingt einmal aus dem Dr'ynn herausbekommen. Am besten, wenn der wieder betrunken war.

»Tani, ich vermute, du wirst nicht nach PT-6 mitkommen?«

Der Dr'ynn schüttelte den Kopf: »Aber ich gebe dir die Adresse meines Mailkontos, falls du mich kontaktieren willst.«

Ayk gab sich nicht mit einem einfachen Austausch von Kontodaten zufrieden. Darian musste ihm versprechen, anzurufen, wenn er in Schwierigkeiten war. Der Anubis garantierte ihm sogar, dass die Botschaft alle Gebühren für eine Notfallnachricht übernehmen würde. Nachdem alle Informationen ausgetauscht waren, machten sie sich auf den Weg zu den Docks. Irgendwo auf dem Weg spürte Darian, wie eine Hand schnell seinen Ellbogen berührte, und hörte ein geflüstertes: »Bis dann.«

Als er sich umdrehte, war Tani bereits verschwunden.

Darian hob den Kopf zu Ayk und fragte: »Er ist definitiv nicht der Typ für lange Verabschiedungen, oder?«

»War er nie. Aber er taucht immer wieder auf, wie ein besonders anhänglicher Floh.«

»Ist er ein typischer Vertreter seiner Spezies?«

»Ich glaube nicht, aber ich habe noch nicht so viele Dr'ynn getroffen, um das wirklich sagen zu können.«

Ayk umarmte Darian fest, bevor er ihn gehen ließ, und leckte ihm zur Sicherheit noch ein paar Mal über die Nase. Darian wischte sich das Gesicht ab und bestieg das Anubis-Schiff. Er war wieder auf dem Weg. Aber hatte den Verdacht, dass die jüngsten Ereignisse an ihm kleben bleiben würden wie Ayks Schlabber.

Danksagung

Wie alle Bücher, hatte auch dieses viele Geburtshelfer.

Jill Meißner-Wolfbeisser, deren Begeisterung dazu führte, dass aus dem englischen Original ein deutsches Buch wurde.

Unsere Testleser Maria Gratzl, Martina Grüneis, Walter Marschitz, Karin Mayer-Khan und Agnes Sall, deren Rückmeldungen Darians Abenteuer besser gemacht haben.

Pia Prokop, die mit solcher Vehemenz Test gelesen hat, dass daraus ein Lektorat wurde.

Martin Hermann, der nicht nur lektoriert, sondern auch das Cover gestaltet hat.

Valentin Hofer, der die Grafiken für das Cover angefertigt hat.

Gabriele Schnabl, die die Fehler im Text reduziert hat. Und außerdem verhindert hat, dass wir mit unserer Version von ›halluzinogen‹ ins Guinness-Buch der Rekorde kommen – in der Kategorie ›die meisten Fehler in einem Wort‹.

Vielen Dank euch allen!

Zum Schluss gilt unser Dank allen, die das Buch gekauft und gelesen haben. Oder zumindest gekauft oder gelesen haben. Wir freuen uns auch sehr, wenn ihr anderen von Darian erzählt oder eine Rezension über ihn schreibt.

Christine und Johannes Pollaschek

Darian kehrt zurück in:
Glamour und Glimmer